O MONS TRO

E OUTRAS HISTÓRIAS

O MONSTRO

E OUTRAS HISTÓRIAS

CARAMBAIA

TRADUÇÃO E POSFÁCIO
JAYME DA COSTA PINTO

STE
PHEN
CRA
NE

6

O MONSTRO

O HOTEL AZUL

110

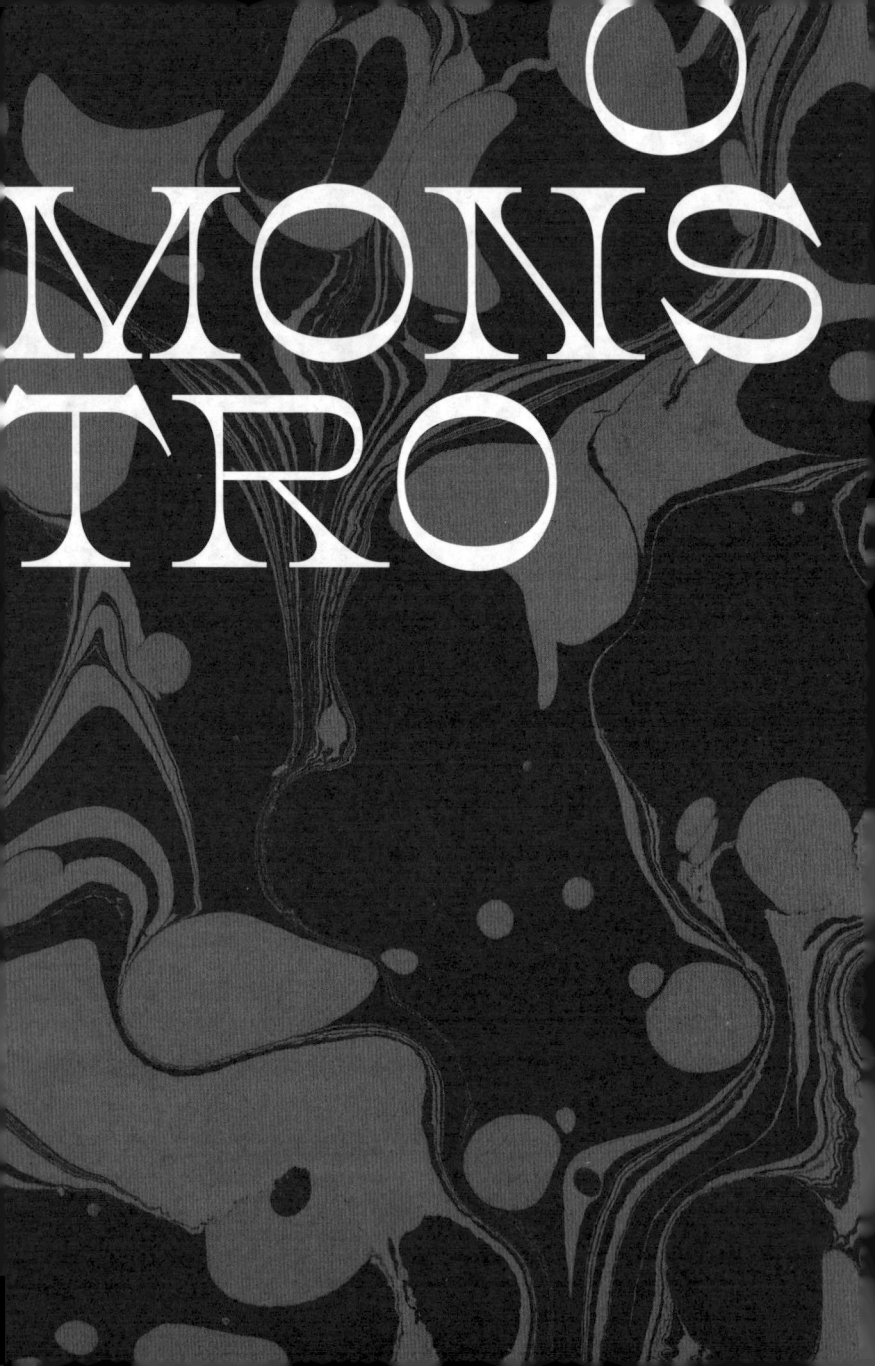

O MONSTRO

I

O pequeno Jim encarnava, naquela manhã, a locomotiva 36, cobrindo o percurso entre Syracuse e Rochester. Estava 14 minutos atrasado e pisava fundo. Daí que, ao dobrar a curva que contornava o canteiro de flores, uma das rodas de seu carrinho destruiu uma peônia. A locomotiva 36 reduziu bruscamente a velocidade e voltou o olhar cheio de culpa para o pai, que aparava o gramado. O médico estava de costas para o acidente e seguiu caminhando lentamente, de um lado para outro, empurrando o cortador de grama.

Jim deixou cair a alça de metal que puxava o carrinho e olhou para o pai e para a flor desmantelada. Então andou até a peônia e tentou endireitá-la, como se ela houvesse ressuscitado, mas a haste fora ferida e só fazia pender, murcha, de sua mão. Jim nada podia fazer para remediar a situação. Olhou novamente para o pai.

E então caminhou cabisbaixo pelo gramado, bem devagar, chutando as folhas. Seu pai logo surgiu, por trás do zumbido da máquina, enquanto folhas frescas da grama eram lançadas pelas serras. Em voz baixa, Jim disse: "Papai!".

O médico aparava o gramado como se barbeasse o queixo de um padre. Durante toda a temporada, aproveitara o frescor e a tranquilidade das noites, depois do jantar, para se dedicar àquele jardim. Mesmo à sombra das cerejeiras, a grama se mostrava forte, saudável. Jim levantou um pouco a voz. "Papai!"

O médico fez uma pausa e, com os sentidos livres dos uivos da máquina, podiam-se ouvir os tordos nas cerejeiras tratando de seus afazeres. Jim levava as mãos atrás, nas costas, e mexia os dedos sem parar. E disse, mais uma vez: "Papai!". O lábio úmido e róseo do menino ameaçava um bico.

O médico baixou o olhar para o filho, inclinando a cabeça para a frente e franzindo a testa, atento. "O que foi, Jimmie?"

"Papai!", insistiu o garoto. Então, apontou o dedo para o canteiro de flores. "Ali!"

"O que foi?", disse o médico, franzindo mais a sobrancelha. "O que aconteceu, Jim?"

Passado um momento de silêncio, em que possivelmente experimentou um grave tumulto mental, a criança ergueu o dedo e repetiu: "Ali!". Respeitando o tom mo-nossilábico com toda a paciência do mundo, o pai se virou na direção indicada pelo dedo do filho, mas não enxergava nada que esclarecesse o que tinha acontecido. "Não entendo o que quer dizer, Jimmie."

Parecia que a gravidade do ocorrido surrupiara o vocabulário do garoto, que só fazia reiterar: "Ali!".

O médico matutou sobre a situação, sem chegar a conclusão nenhuma. Por fim, disse: "Venha, mostre-me".

Juntos cruzaram o gramado rumo ao canteiro de flo-res. A alguns metros da peônia destruída, Jimmie co-meçou a ficar para trás. "Ali!" A voz vinha abafada.

"Onde?", disse o médico.

Jimmie chutou a grama. "Ali!", retrucou.

O médico se viu obrigado a seguir sozinho. Após al-guma dificuldade, encontrou o objeto do incidente, a flor em pedaços. Virando-se, viu o menino encolhido ali atrás, tentando decifrar-lhe o semblante.

O pai refletiu. Depois de um tempo, disse: "Jimmie, venha cá". Comportando-se agora com infinita prudên-cia, o garoto avançou. "Jimmie, como isso aconteceu?"

A criança respondeu: "Eu tava brincandodetrenzi-nho e atropelei a flor".

"Estava fazendo o quê?"

"Tava brincando de trenzinho."

O pai pensou mais um pouco. "Bem, Jimmie", continuou lentamente, "acho melhor não brincar mais de trenzinho por hoje. Não acha?".

"Sim, senhor", disse Jimmie.

O menino não encarou o pai durante o anúncio da sentença e se retirou logo depois, cabeça baixa, arrastando os pés.

II

Jimmie passava a impressão de que gostaria mesmo era de sumir da face da Terra. Caminhou até o estábulo. Henry Johnson, o negro que cuidava dos cavalos do doutor, estava lavando a charrete. Sorriu afetuosamente quando viu Jimmie se aproximar. Os dois eram grandes amigos. Em relação a quase tudo na vida, pareciam pensar exatamente do mesmo jeito.

Claro que também havia divergências. Por exemplo, ficava nítido, pelo modo como Henry falava, que ele era um negro muito bonito, considerado uma luz, um homem importante, uma verdadeira eminência na periferia da cidade, onde vivia a maioria dos negros. Obviamente, essa glória estava além da compreensão de Jimmie, mas ele de certa forma a reconhecia, e por isso prestava deferência a Henry, sobretudo porque o próprio Henry reconhecia o fato e prestava deferência a si mesmo. Porém, em todas as linhas de conduta relacionadas ao médico, a quem enxergavam como a Lua, os dois estavam em completo e subentendido acordo. Sempre que vitimado por um eclipse, Jimmie corria para o estábulo a se consolar com os crimes de Henry. Com a elasticidade própria de sua raça, Henry quase sempre sacava da manga um pecadilho que o nivelava a quem caíra em desgraça. Talvez lembrasse que, outro dia mesmo, esqueceu de ajustar a correia de engate na charrete e, por isso, recebeu uma reprimenda do doutor. E então os dois ponderariam sutilmente e em silêncio a respeito de sua Lua, solidários um com o outro, como pessoas culpadas por delitos semelhantes. Por outro lado, Henry às vezes optava por repudiar com veemência essa ideia, e, quando Jimmie o procurava envergonhado pela culpa, ele o intimidava, pleno de virtude, pregando com firmeza os preceitos do médico e expondo a Jimmie todas as suas abominações. Jimmie não via o lado odioso desse comportamento do amigo. Aceitava-o e vivia sob sua sombra com humildade, apenas buscando apaziguar o santo Henry com atos de deferência. Cativado por essa atitude, Henry às vezes permitia que o menino desfrutasse da felicidade extrema de esfregar a esponja nas rodas da charrete, até quando Jimmie ainda lambia as feridas causadas por algum ato indizível.

Mesmo nos períodos em que era Henry o penitenciado, Jimmie nunca o tratava com condescendência. Era um senso de justiça típico de sua idade, de sua essência, mas ele não o sabia. Além disso, Henry sabia conduzir um cavalo, e Jimmie tinha plena consciência dessa grandeza. O próprio Henry conduzia Lua durante as esplêndidas viagens pelas estradas do campo, onde fazendas se espalhavam por todos os lados, com ovelhas, vacas e outras maravilhas em abundância.

"Olá, Jim!", disse Henry, segurando a esponja. A água escorria da charrete. Nas baias, os cavalos batiam os cascos com força no chão de madeira. Havia uma atmosfera de feno e de arreios.

Por um instante, Jimmie se recusou a mostrar interesse pelo que quer que fosse. Estava muito abatido. Nem sequer ligava para as maravilhas oferecidas pela lavagem de charretes. Enquanto trabalhava, Henry o observava de perto.

"Teu pai te bateu, não foi?", perguntou, por fim.

"Não", disse Jimmie, na defensiva; "não bateu, não".

Depois desse comentário casual, Henry seguiu trabalhando, cenho franzido. E logo completou: "Já cansei de te avisar pra num aprontar lá com aquelas flores, teu pai num gosta nadinha disso". Na verdade, Henry nunca havia mencionado as flores para o garoto.

Jimmie mantinha um silêncio sofrido. Henry então começou a usar artimanhas sedutoras na lavagem da charrete. Foi só quando ele começou a girar uma roda no eixo e a água espirrou por toda parte que o menino deu sinal de vida. Ficara sentado na soleira da porta da cocheira, mas logo no início desse ritual ele se levantou e circulou a charrete, com um interesse que pouco a pouco consumiu a lembrança da recente desgraça.

Johnson pôde então exibir toda a dignidade de um homem cujo dever era proteger Jimmie de um banho involuntário. "Cuidado, moleque! Cuidado! Vai encharcar as calças. Tua mãe não ia gostar não, nadinha. Eu é que num vou deixar você molhar as calças aqui, pra depois a sra. Trescott jogar a culpa em mim. Não mesmo."

Falou com ar de grande irritação, mas não estava nem um pouco incomodado. O tom severo fazia parte de sua demonstração de importância. Na verdade, sentia-se encantado em ter o garoto ali para testemunhar sua labuta no estábulo. De resto, Jimmie ficava impressionadíssimo quando lhe descreviam a beleza de um arreio polido ou de um cavalo bem tratado. Henry explicava cada um desses detalhes com grande empolgação e se deleitava com a admiração da criança.

III

Depois de jantar na cozinha, Johnson foi para seu quarto, no sótão da cocheira, e se vestiu com muito capricho. Nem uma beldade aristocrata daria mais atenção aos cuidados com a aparência do que Johnson. Pensando bem, ele lembrava mais um padre se preparando para a procissão. Ao vê-lo sair do quarto e caminhar pelo passeio à frente da cocheira, ninguém suspeitaria que algum dia ele chegou a lavar charretes.

Não se tratava propriamente das calças cor de alfazema nem do chapéu de palha adornado por uma brilhante faixa de seda. A mudança se dava em algum lugar no íntimo de Henry. Tampouco havia hipérbole ou comicidade em seu andar. Ele era simplesmente um cavalheiro reservado, bem-educado, de boa posição, riqueza e outras realizações obrigatórias, que saía para um passeio noturno – e que nunca havia lavado uma charrete na vida.

Pela manhã, trajando suas roupas de trabalho, ele tinha encontrado um amigo: "Olá, Pete!". "Olá, Henry!" Agora, no seu esplendor, voltou a encontrar o amigo. Sua mesura nada teve de soberba. Se expressava alguma coisa, era uma generosidade consumada: "Boa noite, sr. Washington". Pete, que estava muito sujo, tendo trabalhado em uma plantação de batatas, respondeu numa mescla de constrangimento e respeito: "Boa noite, sr. Johnson".

O azul tremeluzente das lâmpadas de arco voltaico reluzia com força na rua principal da cidade. Em vários pontos, era superado pelo intenso brilho cor de laranja das luzes a gás, em maior número, nas vitrines das lojas. Por essa via pulsante, movia-se uma multidão, culminando em uma aglomeração diante dos correios, de pessoas que aguardavam a distribuição da correspondência do fim do dia. Ocasionalmente passava por ali um estridente carro elétrico, o motor cantando feito uma gaiola cheia de gafanhotos, e portando uma grande campainha que reverberava avisos e também simples ruídos. No pequeno teatro, miniatura envernizada e de veludo vermelho de um dos famosos teatros de Nova York, uma companhia mambembe iria encenar *East Lynne*. Os jovens da cidade juntavam-se, sobretudo nas esquinas, em grupos distintos que expressavam vários e variados níveis de camaradagem e tinham muito pouco a ver com gradações sociais. Ali, discutiam tudo com visão crítica, passando em revista a cidade inteira, à medida que seus habitantes se espalhavam rua afora. Quando as campainhas dos carros elétricos paravam, por um instante, de infernizar os ouvidos, podia-se ouvir o som dos pés da multidão que deambulava pelo pavimento de pedra azul, e era como um suave entardecer baixando sobre a margem de um lago. No sopé da colina, onde duas fileiras de carvalhos ladeavam o caminho, uma lâmpada elétrica fulgurava no alto, entre os galhos envoltos em folhagem, produzindo as mais deslumbrantes sombras na estrada abaixo dela.

Johnson surgiu no meio da multidão, e um membro de um daqueles grupos de gozadores na esquina telegrafou instantaneamente a seus asseclas a notícia da extraordinária chegada. Eles o saudaram. "Olá, Henry! Vai dançar pra ganhar um bolo esta noite?"

"Sujeito fino, não acham?"

"Esse bolo tá no papo hoje, Henry!"

"Estufa um pouco mais o peito."

Henry não se abalou nem um pouco com as admoestações e os elogios moderados. Em resposta, esboçou um sorriso de satisfação, a um tempo contido e bonachão, mas que também trazia implícita uma complacência forjada em superioridade.

O jovem Griscom, o advogado, saía naquele instante da barbearia de Reifsnyder, esfregando o queixo, feliz da vida. Nos degraus, deixou cair a mão e arregalou os olhos para a multidão. De repente, voltou voando para a barbearia. "Pessoal!", gritou para a assembleia que o ouvia, "precisam ver o crioulo que se aproxima!".

Reifsnyder e seu assistente na mesma hora ergueram as navalhas para o alto e voltaram-se para a janela. Duas cabeças cobertas por creme de barbear se levantaram das cadeiras. O tremeluzir elétrico vindo da rua causava um efeito que lembrava água para quem, de dentro da barbearia, olhava através do vidro tingido pelo brilho amarelado do ambiente. O efeito era tal que as pessoas do lado de fora pareciam habitantes de um grande aquário emoldurado por uma vidraça quadrada. Não demorou para que a graciosa figura de Henry Johnson passasse nadando pela moldura.

"Carramba", disse Reifsnyder. Ele e seu assistente, em total sintonia, largaram o que estavam fazendo, deixando desamparadas as vítimas ensaboadas, e correram para a janela. "Todo gabola, ele, não?", disse Reifsnyder, pasmo.

Mas o homem da primeira cadeira, já sem paciência, resolvera a questão. "Ora, é só o Henry Johnson, seus idiotas! Vai, Reif, faz logo minha barba. Tá pensando o quê? Que eu sou uma múmia?"

Todo agitado, Reifsnyder virou-se para o homem: "Aposto quanto quiser que não erra o Henry Johnson! Henry Johnson! Baboseirra!".

O escárnio enfatizado na última palavra tornou-a explosiva. "Aquele homem erra no máximo um carregador de mala ou algo assim. Como poderria ser

Henry Johnson?", intimava o barbeiro, alterado. "Você estarrr louco."

O homem da primeira cadeira encarou, indignado, o barbeiro e rugiu: "Eu mesmo lhe dei aquelas calças cor de alfazema".

E o jovem Griscom, que ficara atento, próximo à janela, disse: "Acho que era o Henry, sim. Parecia com ele".

"Que seja", disse Reifsnyder, voltando aos seus afazeres, "se acham que é! Que seja!", fazendo que concordava por mera cordialidade.

Por fim, o homem na segunda cadeira, falando com dificuldade por causa do creme de barbear que ainda lhe cobria parte da boca, completou: "Aquele era o Henry Johnson, sim. Ele sempre se veste dessa forma quando quer aparecer! É o mandachuva da cidade, todo mundo sabe".

"Orra essa", retrucou Reifsnyder.

Henry não era insensível ao jorro de exclamações de espanto que seu rastro deixava. Em outras ocasiões, fora tomado pela mesma felicidade, e a verdade é que sempre gostou dessas manifestações. Com o rosto irradiando alegria, afastou-se do palco de suas vitórias e entrou por uma rua lateral estreita, onde a luz elétrica ainda estava suspensa bem alto, mas apenas para iluminar uma fileira de casebres caindo aos pedaços, que se apoiavam uns contra os outros feito paralíticos.

A srta. Bella Farragut, dona de uma tez cor de açafrão, trajava um vestido de algodão e estava agachada na varanda da frente, fofocando impunemente, mas avistou ao longe o visitante que se aproximava. Disparou então para o outro lado da casa, a galope, como um cavalo. Henry assistiu a tudo, mas manteve o comportamento educado do freguês que sente o vinho escorrer pela manga da camisa por obra de um garçom desastrado. Nessas situações constrangedoras, ele era simplesmente perfeito.

O dever de receber o sr. Johnson recaiu sobre a sra. Farragut, porque Bella, em outro cômodo, lutava desesperadamente para se enfiar em seu melhor vestido. A velha gorducha o acolheu com um largo sorriso de marfim, abriu a porta se afastando da entrada e fez uma reverência, curvando-se. "Entra, siô Johnson, entra. Boas noites, como vai o siô?"

O rosto de Henry se acendia como um refletor à medida que ele se curvava repetidas vezes, quase da cabeça aos pés. "Boas noites, siá Fa'gut, boas noites. Vocês tão tudo bem?"

Depois de muitíssimas reverências, sentaram-se em duas cadeiras, opostas uma à outra, na sala de estar. E então trocaram as mais superlativas amabilidades, até que a srta. Bella adentrou majestosamente a sala, e mais reverências se seguiram de todas as partes, além de uma sorridente exibição de arcadas dentárias que iluminou o recinto.

O fogão encontrava-se, é claro, nessa mesma sala de visitas, e sobre ele uma espécie de guisado era cozido lentamente. A sra. Farragut era obrigada a se levantar e cuidar do fogo de quando em quando. E também o jovem Sim entrou, indo direto para o colchão de palha jogado no canto do cômodo. Mas, em relação a todos esses temas domésticos, os três não disseram palavra. Fizeram reverências mútuas, sorriram, ignoraram o entorno e se divertiram até tarde da noite, e, se tivessem sido os ocupantes da mais suntuosa sala de visitas do mundo, ainda assim não teriam se assemelhado mais a três macacos do que agora.

Depois que Henry saiu, Bella, que gostava de se apropriar de frases, disse: "Oh, mamãe, ele não é divino?".

Sábado à noite era sempre um sinal para que uma multidão ainda maior desfilasse pela via pública. No verão, a banda tocava até às dez horas no pequeno parque. A maioria dos rapazes locais afetava um ar de superioridade em relação à tal banda, de desprezo mesmo;

mas, nas noites de ar parado e perfumado, saíam invariavelmente em massa, porque era certo que as moças viriam assistir ao concerto, passeando devagar sobre o gramado, grudadas umas às outras, em pares ou de preferência em trios, nessa curiosa dependência mútua e pública que tinham herdado. Não havia nenhum aspecto social específico que marcasse esses encontros, exceto que os grupos se analisavam com interesse recíproco, mas quase sempre em silêncio. Talvez uma garota cutucasse outra e dissesse de repente: "Olha! Ali vai a Gertie Hodgson com a irmã". E dariam a impressão de que se tratava de um grande acontecimento.

Certa noite, um grupo grande de rapazes estava reunido na calçada que contornava o parque. Permaneciam, desse modo, além das fronteiras daquela animação toda porque tinham dignidade, e isso não lhes permitiria participar de nada que fosse tão divertido para os meninos mais jovens. Estes últimos corriam alucinadamente no meio da multidão, provocando pequenos acidentes aqui e ali, mas desaparecendo como névoa varrida pelo vento antes que o revide pudesse alcançá-los.

A banda tocava uma valsa que emprestava certo destaque para a tuba, e um dos jovens na calçada observou que a música lembrava o som dos novos motores que bombeavam água da colina para o reservatório. A comparação não chegava a ser inconcebível, mas o jovem não disse aquilo porque não gostava do desempenho dos músicos, e sim porque estava na moda dizer esse tipo de coisa sobre a banda. No entanto, lá no coreto estava Billie Harris, que tocava o tambor e estava sempre rodeado por uma multidão de garotos que adoravam cada golpe que ele desferia no instrumento.

Depois que a correspondência vinda de Nova York e Rochester tinha sido finalmente distribuída, a multidão em frente aos correios se juntou à massa que já estava no parque. O vento agitava as folhas nos galhos dos carvalhos e, lá no alto, o azul tremeluzente das lâmpadas de arco voltaico gerava fantásticos contornos para a sombra das folhas no chão. Quando a luz focava o rosto erguido de alguma moça, fazia-o cintilar com deslumbrante candor. Um policial saltou de súbito da escuridão, em perseguição a um bando de baderneiros mirins. Eles o xingaram de longe. O líder da banda exibia maneirismos típicos dos grandes músicos e, num momento de silêncio, a multidão sorriu ao vê-lo levar a mão à sobrancelha, acariciá-la emocionado e olhar para cima com um ar de angústia poética. À luz trêmula, que conferia ao parque um tom de grande salão abobadado, a multidão se aglomerou em meio ao suave farfalhar de vestidos tocando o gramado e a um contínuo zumbido de vozes.

De repente, sem compassos introdutórios, ergueu-se de longe o rugido rouco e eloquente de um apito de fábrica. O tom se elevou até atingir uma nota sinistra, e então fez ecoar pelo vento noturno um longo brado que deixou a multidão paralisada, sem palavras. O maestro estava prestes a baixar entusiasticamente a mão, sinalizando para a banda o início de uma ruidosa disparada por uma marcha popular, mas, subjugado pelo vozeirão saído da noite, pousou lentamente a mão no joelho e, de boca aberta, mirou seus comandados, em silêncio. O brado se transformou em lamento e, depois, em mudez. Serviu para soltar os músculos do grupo de rapazes na calçada, que estavam parados feito estátuas, em pose ávida e ágil, e de ouvidos atentos. E, então, voltaram-se uns para os outros e gritaram em uníssono: "Número um!".

Novamente o som tomou a noite e rugiu seu longo e funesto brado, e, quando esvanecia, os jovens voltaram-se uns para os outros e, em coro, berraram: "Número dois!".

Depois de um momento de espera angustiada, voltaram a gritar: "Segundo distrito!". Num instante, o amontoado de jovens indolentes e arrogantes desapareceu como uma bola de neve desmantelada por dinamite.

V

Jake Rogers foi o primeiro homem a chegar à sede da Companhia de Bombeiros de Tuscarora. Tinha arrancado a chave do bolso enquanto voava rua abaixo e atirou-se em direção à fechadura de mola como um demônio. Quando as portas se escancararam diante de suas mãos, saltou e chutou os calços de um par de rodas, destravou um fecho, e, ao brilho ofuscante da luz elétrica que a prefeitura instalara à frente das companhias de bombeiros, quem se aproximava dali naquele momento podia assistir ao espetáculo de virilidade de Jake Rogers, firme como nogueira, puxando a pesada carreta que se deslocava lentamente em direção às portas. Quatro homens se juntaram a ele a essa altura e, assim que conseguiram empurrar a viatura para a rua, foram abordados por vultos escuros, que saíam das sombras pesadas por trás das lâmpadas elétricas. Alguns faziam a pergunta inevitável: "Qual distrito?".

"Segundo", era a resposta berrada em conjunto. O carro Número 6 da Companhia de Bombeiros de Tuscarora fez uma curva arriscada, a toda velocidade, para entrar na Niagara Avenue e, à medida que os homens, agora ligados à carreta por uma corda amarrada à parte de baixo da carretilha, puxavam furiosamente o veículo com todo o empenho e abnegação, a campainha debaixo do eixo soava sem parar. E, às vezes, o mesmo grito era ouvido: "Qual distrito?".

"Segundo."

Johnnie Thorpe escorregou no barranco e, exercitando grande habilidade muscular, rolou para o lado a tempo de escapar da trajetória da roda que se aproximava. Logo se levantou, desgrenhado e irritado, e lançou um olhar de lúgubre desencanto sobre a multidão sombria que se espalhava atrás da viatura. A carreta parecia ser o ápice de uma onda escura que se assomava como se uma barragem tivesse rompido. Atrás do jovem, havia trechos cobertos de grama, e, na mesma direção, as portas da frente das casas eram batidas com força por homens que gritavam, roucos, para a avenida em furor: "Qual distrito?".

Em uma dessas casas, uma mulher veio à porta segurando um candeeiro e protegendo o rosto dos seus raios de luz com as mãos. Do outro lado da grama aparada, a avenida parecia-lhe uma espécie de torrente negra, na qual, ainda assim, circulavam numerosas e fantásticas figuras sobre bicicletas. Ela não sabia que a luz alta, na esquina, seguia com suas lamúrias noturnas.

De repente, um garotinho deu um salto mortal, contornando a esquina da casa como se tivesse sido projetado escada abaixo por uma catapulta. Conseguiu parar em frente à casa recorrendo a uma extraordinária manobra executada com as pernas. "Mamãe", disse o menino, quase sem fôlego, "posso ir? Posso, mãe?".

Ela se endireitou com a frieza externa do juízo materno, embora a mão que segurava o candeeiro tremesse um pouco. "Não, Willie; é melhor você ir para a cama."

No mesmo instante, o menino começou a dar pinotes e a fungar como um cavalo selvagem. "Ah, mamãe", choramingou, contorcendo-se, "ah, mãe, posso ir? Por favor, mãe, posso? Posso, mãe?".

"Já são nove e meia, Willie."

Acabou por choramingar um meio-termo: "Então só até a esquina, mãe? Só até a esquina?".

Da avenida vinha o som de homens apressados que gritavam freneticamente. Alguém havia agarrado a corda do sino na igreja metodista e agora, por toda a cidade, falando das nuvens, ecoava uma voz solene e terrível. Retirado de sua rotina pacífica, o sino ganhou uma nova vocação na fatídica noite e fez balançar o coração de um lado para outro, para cima e para baixo, a cada repique.

"Só até a esquina, mãe..."

"Willie, já são nove e meia."

VI

Os contornos da casa do dr. Trescott tinham se desvanecido ao final do dia, ocultando um estilo que poderíamos chamar de "Queen Anne contra o manto mortuário do céu enegrecido". Naquele horário, a vizinhança estava tão tranquila e parecia tão imune a problemas que o cão de Hannigan identificou uma boa oportunidade para caçar presas em locais proibidos, e assim foi escavar o gramado dos Trescott, rosnando e considerando-se uma fera ameaçadora. Mais tarde, Peter Washington passou em frente à casa e assobiou, mas não havia luz no quarto de Henry, no andar de cima da cocheira, e logo Peter seguiu seu caminho. Os raios vindos da rua, rastejando em ondas prateadas sobre a grama, faziam com que a fileira de arbustos ao longo do passeio projetasse uma sombra nítida, imponente.

Uma pequena nuvem de fumaça escapou de uma das janelas no extremo da casa e rumou suavemente, levada pelo vento, até os galhos de uma cerejeira. Outras nuvenzinhas escuras, crias da primeira, seguiram-na em número cada vez maior até que, por fim, se formou uma corrente confinada por margens invisíveis, que desembocava nos galhos carregados de frutas da cerejeira. Não era uma cena mais digna de nota do que a de um bando silencioso de macacos pardos escalando uma videira rumo às nuvens.

Passado um instante, a janela se iluminou como se as quatro folhas de vidro que a compunham tivessem sido manchadas de sangue, e um ouvido treinado poderia até ser levado a imaginar os diabinhos de fogo conclamando uns aos outros, clã reunindo-se a clã, um chamado às tropas. Vista da rua, porém, a casa mantinha seu silêncio sombrio, comunicando ao transeunte ocasional que se tratava de uma morada segura, de pessoas que optaram por se recolher mais cedo em busca de sonhos tranquilos. Ninguém poderia ter ouvido o zumbido rarefeito dos clãs que se juntavam.

De repente, as vidraças da janela vermelha tilintaram e caíram com violência no chão, e em outras janelas surgiram de súbito outras labaredas, como espectros sangrentos circulando pelos vãos de uma casa assombrada. Essa revolta tinha sido bem planejada, como se por revolucionários profissionais.

Uma voz de homem subitamente gritou: "Fogo! Fogo! Fogo!". Hannigan tinha atirado o cachimbo para longe, desesperado porque seus pulmões exigiam espaço. Desceu de modo estabanado do alpendre, pulou a cerca e correu aos gritos em direção à casa dos Trescott. Então golpeou a porta, usando os punhos como se fossem marretas. A sra. Trescott veio de imediato a uma das janelas do segundo andar. Mais tarde, soube que estivera prestes a dizer: "O doutor não está em casa, mas, se deixar seu nome, eu o avisarei assim que chegar".

A gritaria de Hannigan soou incoerente por um instante, mas ela percebeu que não se tratava de um paciente. "O que disse?", perguntou, levantando a janela rapidamente.

"Sua casa está pegando fogo! Está tudo em chamas! Saiam daí, rápido, se..." Os gritos ressoavam como se a rua fosse uma câmara de eco. Seguiu-se o ruído de pés apressados sobre as pedras. Um homem correu com uma velocidade quase fabulosa. Vestia calças cor de alfazema. E levava na mão, já bastante amarrotado, um chapéu de palha com uma faixa de seda brilhante.

Quando Henry chegou à porta da frente, Hannigan tinha acabado de arrombar a fechadura com um chute. Uma espessa nuvem de fumaça se derramou sobre eles, e Henry, baixando a cabeça, correu para o meio dela. Do clamor de Hannigan apreendeu apenas uma coisa, que o deixou aterrorizado. No hall de entrada, uma pequena chama havia encontrado o cordão que sustentava a "Assinatura da Declaração". A gravura deslizou bruscamente, em uma das pontas, e caiu no chão, onde se arrebentou com o som de uma bomba. O fogo já rugia feito vento de inverno entre os pinheiros.

No topo das escadas, a sra. Trescott brandia os braços como se fossem duas varas de bambu. "Jimmie! Salve o

Jimmie!", gritou ela na cara de Henry. Ele avançou, passando por ela, e desapareceu, tomando as rotas havia muito familiares entre os aposentos superiores, onde certa vez ocupara um cargo semelhante ao de segundo ajudante da criada.

Hannigan o seguira escada acima e segurou com força o braço da mulher enlouquecida que ali se encontrava. Estava furioso. "A senhora precisa descer", urrou.

Em resposta, apenas um grito: "Jimmie! Jimmie! Salvem o Jimmie!". Mas Hannigan a arrastou dali enquanto ela balbuciava algo ininteligível.

Quando saíam da casa, alcançando o céu aberto, um homem correu pelo gramado, agarrou uma veneziana, arrancou-a de suas dobradiças e a atirou para longe sobre o jardim. A seguir, atacou freneticamente todas as outras proteções das janelas, uma a uma. Uma espécie de insanidade temporária.

"Você aí!", rugiu Hannigan, "cuide da sra. Trescott. E pare com isso".

A notícia tinha sido transmitida por uma torção de pulso de um vizinho, que fora até a caixa de aviso de incêndio na esquina dar o alarme, e o momento em que Hannigan e sua protegida lutavam para sair da casa foi também o momento em que o apito soou seu rouco chamamento noturno, alcançando a multidão no parque e fazendo com que o líder da banda, que estava prestes a ordenar o primeiro estrondo triunfal de uma marcha militar, pousasse a mão lentamente sobre o joelho.

VII

Henry tateou desajeitadamente seu caminho em meio à fumaça no piso superior. Tinha tentado se guiar pelas paredes, mas estavam quentes demais. O papel todo enrugado dava-lhe a impressão de que a qualquer momento uma labareda irromperia debaixo de suas mãos.

"Jimmie!"

Não chegou a gritar o nome, como se temesse que as fortes chamas do andar de baixo o ouvissem.

"Jimmie! Jimmie!"

Tropeçando e ofegante, logo alcançou a entrada do quarto de Jimmie e escancarou a porta. O pequeno aposento não tinha nenhum sinal de fumaça. Estava levemente iluminado por uma linda luz cor-de-rosa, reflexo indireto das chamas que consumiam a casa. O garoto, ao que parece, acabara de ser despertado pelo barulho. Sentou-se na cama, com os lábios entreabertos e os olhos arregalados, enquanto a luz irradiada pelo fogo acariciava sua pequenina figura vestida de branco. Quando a porta se abriu, ele viu diante de si uma espécie de aparição de seu amigo, um negro aterrorizado, todo desgrenhado e com o cabelo chamuscado, que saltou sobre ele e o envolveu em um cobertor, como se fosse um sequestro perpetrado por um temível assaltante. Sem esperar até atravessar o habitualmente curto porém completo processo de enrugar o rosto, Jimmie soltou um sonoro berro, que remetia à expressão do mais profundo terror de um bezerro. Enquanto Johnson, carregando-o, se lançava por entre a fumaça do corredor, o garoto atirou os braços em volta do seu pescoço e enterrou o rosto no cobertor. E chamou duas vezes, em tom abafado: "Mamãe! Mamãe!".

Ao chegar ao topo da escada com seu fardo no colo, Johnson deu um rápido passo para trás. Através da fumaça que subia em sua direção, pôde ver que o piso inferior estava tomado pelas chamas. Gritou, então, num uivo que se assemelhava ao feito anterior de Jimmie. Suas pernas ganharam uma assustadora capacidade de se arquearem. Dando meia-volta de modo precário, com aquelas pernas finas, conseguiu retornar lentamente pelo corredor do andar de cima. Diante da situação, já tinha praticamente desistido da ideia de escapar da casa em chamas, tinha até perdido a vontade de tentar. Submetia-se. Submetia-se por causa de seus ancestrais, sujeitando a mente à mais perfeita subserviência, ao incêndio.

Johnson agora apertava Jimmie de forma tão inconsciente como quando, correndo em direção à casa, apertara o chapéu com a faixa de seda brilhante.

De repente, lembrou-se de uma escadinha privada que levava de um dos quartos a um cômodo que o médico transformara em laboratório e sala de trabalho, onde passava parte de seu tempo livre e também períodos de descanso, dedicando-se a experimentos e estudos relacionados a assuntos de seu interesse.

Quando Johnson se lembrou dessa escada, a submissão ao incêndio desapareceu de pronto. Conhecia a passagem interna perfeitamente, mas a confusão do momento apagara por completo a lembrança.

Em sua súbita e momentânea apatia, pouco sentiu que se assemelhasse a medo, mas agora, ao vislumbrar a possibilidade de uma saída segura, viu-se tomado por um velho sentimento de terror delirante. Já não era mais uma criatura para as chamas, e temia a batalha com elas. Durante esse singular e repentino jogo de alternâncias, Johnson temeu por duas vezes, sem submissão, e se submeteu uma só vez, sem temer.

"Jimmie!", lamuriou-se, cambaleando pelo caminho. Queria que aquele pequeno corpo inanimado, que carregava junto ao peito, participasse de suas preocupações. Mas a criança ficara sem se mexer, inerte, durante as bravas incursões e retiradas, sem dar nenhum sinal.

Johnson passou por dois quartos e chegou ao topo da escada. Quando abriu a porta, grandes lufadas de fumaça emergiram, mas, segurando Jimmie com força, seguiu, penetrando a nuvem cinza. Todos os tipos de odores atingiram-no durante a descida. Pareciam estar vivos e movidos por inveja, ódio e crueldade. Na entrada do laboratório, deparou com um estranho espetáculo. A sala parecia um jardim de flores ardentes. Chamas violeta, carmim, verdes, azuis, laranja e roxas floresciam por toda parte. Uma labareda em especial exibia precisamente o matiz de um delicado coral. Em outro canto, havia uma massa estática, em inação fosforescente, como se fora uma pilha de esmeraldas. Mas essas maravilhas só se revelavam de forma indistinta por entre as densas e mortais nuvens de fumaça que por ali circulavam.

Johnson parou por um momento na soleira da porta. Gritou de novo, num lamento de negro que traz em si a tristeza dos pântanos. Então atravessou a sala correndo. Uma labareda alaranjada avançou como uma pantera sobre as calças cor de alfazema. O animal cravou fundo os dentes em Johnson. Deu-se uma explosão de um lado e, subitamente, surgiu diante dele uma delicada e trêmula figura cor de safira, como uma fada. Com um sorriso suave, ela lhe bloqueou o caminho e condenou-o, a ele e a Jimmie. Johnson soltou um grito agudo e depois se esquivou, como fazem os de sua raça quando lutam. Ameaçou passar sob a guarda esquerda da dama de safira. Mas ela era mais rápida que as águias e suas garras o apanharam quando ele já a ultrapassava. Baixando a cabeça como se seu pescoço tivesse sido golpeado, Johnson se lançou para a frente, serpenteando de um lado para outro. Caiu de costas. A figura imóvel embalada no cobertor escapou de seus braços e rolou até a borda do piso, parando sob a janela.

Johnson tinha batido com a cabeça no pé de uma escrivaninha antiga. Havia uma fileira de frascos em cima da escrivaninha. A maioria se mantinha em silêncio em meio ao tumulto, mas um deles parecia encerrar uma serpente cintilante e inquieta.

De repente, o vidro se estilhaçou, e algo semelhante a uma cobra vermelho-rubi espalhou sua espessa extensão sobre o tampo da velha escrivaninha. Enrolou-se e hesitou, e então começou a escorrer, indolente, seguindo a inclinação do mogno. Ao chegar à quina do móvel, balançou a cabeça ardente, liquefeita, para a frente e para trás, sobre os olhos fechados do homem deitado abaixo dela. Então, passado um instante, com um impulso místico, moveu-se de novo, e a cobra vermelha desaguou diretamente no rosto de Johnson, que estava virado para cima.

Depois, o rastro da criatura passou a fumegar, e, em meio a chamas e pequenas explosões, gotas ferventes

despegavam-se e caíam como joias em brasa, tamborilando suave e pausadamente no que restara abaixo.

VIII

De uma hora para outra, todos os caminhos levavam à
casa do dr. Trescott. A cidade inteira corria na mesma
direção. A Companhia de Bombeiros Chippeway, com
o carro Número Um, ascendia desesperadamente pela
Bridge Street Hill, enquanto os Tuscarora desciam embalados a Niagara Avenue. E a equipe de combate ao fogo
que ficava do outro lado do riacho, com seu grupo de
especialistas em escadas, também disparava pelas ruas.
O chefe do departamento de bombeiros jogava pôquer
nos fundos da tabacaria do Whiteley, mas, ao primeiro
sopro do alarme, voou porta afora como se estivesse escapando com o dinheiro da banca.

Em Whilomville, nessas ocasiões, sempre havia quem
logo voltasse a atenção para os sinos das igrejas e das escolas. Os sinos não só reforçavam o alarme, mas também
era costumeiro que esses sons ecoassem pelo céu, em des-
medido e emocionante alvoroço, até que as chamas fossem praticamente dominadas. Existia também uma espécie de rivalidade acerca de qual sino produziria o badalar

mais alto. Até na igreja Valley, a 6 quilômetros de distância, ouviram o clamor de seus irmãos de fé e, de imediato, a paróquia juntou-se aos esforços com um tímido ganido.

O dr. Trescott dirigia para casa, fumando lentamente um charuto e satisfeito porque seu último caso estava agora sob total controle, como um animal selvagem que ele conseguira domar, quando ouviu o longo apito e assobiou para seu cavalo, tomado pela injustificada mas perfeitamente nítida impressão de que um incêndio irrompera em Oakhurst, uma nova e exuberante região da cidade, localizada a pelo menos 3 quilômetros de sua casa. Mas, depois da segunda explosão e do silêncio que se seguiu, reconheceu a designação do próprio bairro. Estava já a poucos quarteirões de casa. Sacou o chicote e deitou-o levemente sobre a égua. Surpreendido e amedrontado com o ato incomum, o animal saltou para a frente e, conforme as rédeas se esticavam como cordas de aço, o médico se inclinava um pouco para trás. Quando a égua enfim chegou, no pinote, ao portão fechado, ele se perguntou de quem seria a casa em chamas. O homem que acionara o alarme de incêndio gritou-lhe alguma coisa, mas ele já sabia. Largou a égua à própria vontade.

Diante de sua porta estava uma mulher enlouquecida, vestindo um roupão. "Ned!", ela gritou ao vê-lo. "Jimmie! Salve o Jimmie!" Trescott ganhara um ar severo, frio. "Onde?", perguntou. "Onde?"

A voz da sra. Trescott começou a tremer. "Em cima, em cima!" E apontou para as janelas do segundo andar.

Hannigan já estava gritando: "Não entre por aí! Não pode ir por aí!".

Trescott contornou a casa correndo e desapareceu de vista. Sabia, pelo que tinha visto do corredor de entrada, que seria impossível subir por ali. Agora depositava suas esperanças na escadaria que saía do laboratório. A porta que se abria desse cômodo para o gramado estava trancada por uma fechadura com ferrolho, mas ele desferiu pontapés junto à fechadura e, depois, perto do ferrolho. A porta se escancarou com um grande estrondo. O médico recuou, pressionado pela nuvem de fumaça e, a seguir, curvando-se muito, adentrou o jardim de flores em chamas. Seus olhos ardentes conseguiam distinguir, repousando no chão, um vulto envolto num cobertor chamuscado, perto da janela. Depois, ao carregar o filho até a porta, percebeu que o gramado todo agora parecia vivo, repleto de homens e rapazes, os líderes da grande incursão em que toda a cidade estava empenhada. Agarraram-no e ao seu pacote e o cobriram com mantas úmidas e água.

Mas Hannigan berrava, transtornado: "O Johnson ainda está lá dentro! O Henry Johnson ainda está lá dentro! Ele foi atrás do menino! O Johnson ainda está lá dentro!".

Os gritos tocaram os sentidos adormecidos de Trescott e o médico lutou com seus captores, maldizendo-os, sem que nem ele nem os outros compreendessem, com as mais profundas blasfêmias de seus dias de estudante de medicina. Pôs-se de pé e partiu novamente em direção à porta do laboratório. Os outros se esforçaram para contê-lo, apesar de assustados com a reação.

Mas um jovem, que era guarda-freios da ferrovia e vivia em uma das ruas atrás da residência dos Trescott, tinha entrado no laboratório e trazido com ele algo que deitou sobre a grama.

IX

Da frente da casa partiam instruções ásperas. "Liguem a água, Número Cinco!" "Abram tudo, Número Um!" A multidão reunida oscilava de um lado para outro. As labaredas, altíssimas, jogavam na face dos homens luzes de um vermelho selvagem. Ouviu-se o som estridente de uma campainha, vindo de alguma rua adjacente, e a multidão bradou. "Aí vem o Número Três!" "O Número Três está chegando!" Um grupo ofegante e disforme adentrou ostensivamente o campo de visão, arrastando a viatura com as mangueiras. Os rapazotes os saudaram, exultantes. "Chegou a Três!" Receberam a Imortal Companhia de Bombeiros Número Três como se fosse composta de uma carruagem puxada por deuses. Os perspirantes cidadãos não tardaram a se atirar no meio da balbúrdia. Jovens dançavam com deleite demoníaco diante das demonstrações de destreza. Aclamaram a aproximação da Número Dois. Deram boas-vindas à Número Quatro com aplausos. Ficaram tão profundamente comovidos com todo esse aparato que zombaram da chegada tardia da companhia de combate a incêndios do grupo especialista em escadas, cujo maquinário pesado quase atolou na subida da Bridge Street. Os moços odiavam e temiam incêndios, é claro. Não desejavam que a casa de ninguém em particular ardesse, mas, ainda assim, era interessante ver a reunião das companhias de incêndio e, em meio àquele enorme tumulto, assistir a seus heróis realizando todo tipo de proeza.

Dividiam-se em agremiações de acordo com as preferências por este ou aquele agrupamento de incêndio, e não poupavam violência para defender suas crenças. Por exemplo, naquela região da cidade onde ficava a sede da Número Quatro, seria muito ousado para um rapaz externar a superioridade de qualquer outra companhia. Da mesma forma, em outro bairro, quando se perguntava a um jovem de fora qual era a melhor companhia de bombeiros de Whilomville, esperava-se que ele respondesse "a Número Um". Contendas, que os moços esqueciam e lembravam de acordo com a conveniência ou a relevância de algum evento recente, existiam por toda a cidade.

John Shipley, o chefe do departamento, não lhes agradava muito. É certo que se dirigia para o local de um incêndio com a velocidade de um anjo caído, mas, quando lá chegava, invariavelmente adotava uma atitude quase passiva, de certa apreensão, movendo-se com vagar ao redor da estrutura em chamas, estudando-a, enquanto fumava um charuto. Esse homem tranquilo, que mesmo quando vidas estavam em risco raramente levantava a voz, não era muito benquisto por eles. Já o velho Sykes Huntington, quando chefe, costumava rugir como um touro, sem parar, e gesticular em uma espécie de delírio. Oferecia um espetáculo muito melhor do que esse tal de Shipley, que via um incêndio com a mesma sobriedade com que observava uma subida de apostas na mesa de pôquer. A maioria dos rapazes nunca conseguiu entender por que os membros dessas companhias insistiam em reeleger Shipley, embora muitas vezes fingissem compreender, porque a frase "meu pai falou" caía muito bem na discussão, e os pais pareciam quase unânimes na defesa de Shipley.

Àquela altura, criara-se um interminável debate sobre qual das companhias lançara o primeiro jato d'água. A maioria dos rapazes reclamava a distinção para a Número Cinco, mas uma minoria aguerrida argumentava pela Número Um. Os rapazes que torciam fervorosamente para outros agrupamentos viam-se obrigados a escolher entre as duas, nessa ocasião, e a conversa esquentou.

Até que um grande boato começou a correr pelos grupos, espalhado por vozes abafadas. A seguir, um silêncio reverente tomou conta do ambiente. Jimmie Trescott e Henry Johnson tinham morrido queimados, e o próprio dr. Trescott havia sofrido ferimentos gravíssimos. A multidão nem sequer sentiu os empurrões da polícia. Ergueu os olhos, que agora brilhavam com temor respeitoso, em direção às altas labaredas.

O homem que tinha informações caprichou no anúncio. Em voz baixa, descreveu a situação por inteiro. "Aquele quarto do canto, em cima, era do garoto. Ele estava com sarampo, ou algo do tipo, e o crioulo, o Johnson, estava tomando conta dele. Aí parece que o Johnson caiu no sono, ou coisa assim, e derrubou o candeeiro. O doutor estava no consultório, no andar de baixo, e subiu correndo... e aí pegou fogo nos três, ficaram queimando até que arrastaram todos pra fora."

Outro homem, sempre em busca de proferir o veredito final, dizia: "Vão morrer, sem dúvida. Queimaram até desmanchar. Não há chance de sobreviverem.

Todos os três. Basta olhar". A multidão concentrava o olhar ainda com mais insistência nas faixas de fogo que ondulavam alegremente contra o céu negro. Os sinos da cidade repicavam sem parar.

Uma pequena procissão atravessou o gramado em direção à rua. Eram três macas, carregadas por doze dos bombeiros. A polícia se movimentava com firmeza, mas não precisou de nenhum esforço extra para abrir caminho para o lento cortejo. Os homens que sustentavam as macas eram bem conhecidos da multidão, mas naquele solene trajeto, em meio ao badalar de sinos e à comoção, e com o céu tomado por um clarão vermelho, pareciam completos estranhos, e Whilomville lhes dedicou o mais profundo respeito. Cada homem nesse pelotão de padiolas fora tocado pela majestade. Eram soldados da infantaria a serviço da morte, e a multidão prestou uma sutil homenagem a essa augusta dignidade emanada de três prováveis túmulos. Uma mulher se afastou, soltando um grito agudo ao ver o corpo coberto na primeira padiola, e as pessoas a encararam bruscamente, em quieta e pesarosa indignação. A não ser por isso, nada mais se ouviu enquanto aqueles doze homens dignos, caminhando a passo, transportavam seus fardos pela multidão.

Os meninos pequenos já não discutiam os méritos das diferentes companhias de bombeiros. Em sua maioria, estavam arrasados. Só os mais corajosos foram olhar de perto as três figuras cobertas por mantas amarelas.

O velho juiz Denning Hagenthorpe, que morava quase em frente aos Trescott, havia aberto as portas de sua casa para receber a família vitimada. Quando se tornou público que o médico, seu filho e o negro ainda estavam vivos, foi necessário um policial especialmente destacado para evitar que as pessoas escalassem o alpendre da frente e abordassem os feridos. Uma senhora idosa apareceu com um emplastro milagroso e recitou a mais condenatória das escrituras para o policial quando este a impediu de passar. Durante toda a noite, alguns jovens com idade suficiente para desfrutar de privilégios, ou para arrancá-los de suas mães, permaneceram vigilantes na calçada na expectativa de uma morte ou de acontecimento semelhante. O repórter do *Morning Tribune* se deslocou em sua bicicleta de lá para cá a cada hora, até as três da manhã.

Seis dos dez médicos de Whilomville compareceram à casa do juiz Hagenthorpe.

Quase de imediato puderam perceber que as queimaduras de Trescott não eram de grande importância.

A criança talvez ficasse com cicatrizes profundas, mas sua vida não corria perigo, isso era certo. Quanto ao negro Henry Johnson, ele podia não sobreviver. Seu corpo estava assustadoramente carbonizado, mas, pior que isso, ele agora não tinha mais rosto. Sua face tinha simplesmente derretido.

Trescott não parava de perguntar sobre os outros dois pacientes. Pela manhã, parecia forte e disposto, e por isso lhe comunicaram que Johnson estava condenado. Então, viram-no agitar-se na cama e saltar rapidamente para verificar se os curativos precisavam ser reajustados. O súbito olhar que lançou a um e a outro deu-lhes a impressão de estar afiado e com humor intratável.

O jornal da manhã anunciou a morte de Henry Johnson. Incluía uma longa entrevista com Edward J. Hannigan, na qual ele descrevia na íntegra a atuação de Johnson no incêndio. Havia também um editorial redigido com todas as melhores palavras do pessoal da redação. A cidade interrompeu sua habitual linha de pensamento e dedicou atenção reverente à memória daquele moço de estrebaria. O peito de muitos encerrava o pesar de não o terem conhecido o suficiente para estender-lhe a mão, dar-lhe um apoio quando era vivo, e julgaram-se estúpidos e mesquinhos por isso.

O nome de Henry Johnson tornou-se de repente sinônimo de santo para os mais jovens. Aquele que pensasse nele primeiro poderia, citando-o em uma discussão, subjugar de vez seu antagonista, quer se aplicasse ao contexto ou não.

Nunca morra, ó crioulo,
Da cara preta e brilho n'olho.

Os rapazes que tinham entoado esse dístico odioso na retaguarda da marcha de Johnson enterraram o fato no fundo da alma.

Mais tarde, nesse dia, a srta. Bella Farragut, moradora do número 7 de Watermelon Alley, anunciou que estava noiva do sr. Henry Johnson.

XI

O velho juiz usava uma bengala com cabeça de marfim. Acreditava que só raciocinava direito quando apoiado de leve no bastão, acariciando o castão branco com lentos movimentos das mãos. O objeto também lhe servia como uma espécie de narcótico. Se por acaso esquecia onde o tinha colocado, ficava irritadiço e chegava a ser ríspido com a irmã, cuja incapacidade mental ele tolerara com paciência durante trinta anos na velha mansão da Ontario Street. Ela não fazia a menor ideia da opinião que o irmão tinha sobre seus dotes, e por isso pode-se dizer que o juiz agiu de modo dissimulado, com sucesso e por mais de um quarto de século, arriscando dizer a verdade apenas nos momentos em que não conseguia encontrar a bengala.

Certo dia, o juiz estava sentado em sua poltrona no alpendre. A luz do sol salpicava por entre os arbustos de lilases, derramando grandes moedas sobre as tábuas. Os pardais discutiam nas árvores que ladeavam o passeio. O juiz meditava, enquanto suas mãos alisavam carinhosamente o castão de marfim da bengala.

Por fim, levantou-se e entrou na casa, a testa ainda franzida, pensativo. Batia a bengala no chão, solene, em intervalos regulares. No segundo andar, entrou em um aposento onde o dr. Trescott trabalhava ao lado do leito de Henry Johnson. Os curativos na cabeça do negro deixavam entrever apenas uma coisa, um olho, que mirava fixamente o juiz. Este conversou com Trescott sobre o estado do paciente. Depois, deixou claro que tinha algo mais a dizer, mas parecia intimidado pelo escrutínio daquele olho que o fitava, sem piscar, e para o qual ele mesmo dirigia olhadelas furtivas, aqui e ali.

Quando Jimmie Trescott se encontrava suficientemente recuperado, sua mãe o levou em uma visita aos avós, em Connecticut. O médico ficara para cuidar de seus pacientes, mas, a bem da verdade, passava a maior parte do tempo na casa do juiz Hagenthorpe, com Henry Johnson. Ali ele dormia e fazia quase todas as refeições, durante as longas noites e dias de vigília.

No jantar, e longe do feitiço do olho que não piscava, o juiz disse, de modo brusco: "Trescott, você acha que...".

Quando Trescott ficou em silêncio, esperando ouvir o fim da frase, o juiz passou os dedos pela faca e disse, de modo ponderado: "Ninguém aqui quer propor essas ideias, mas acho que aquele pobre-diabo deve morrer".

Na mesma hora, um ar de reconhecimento tomou o rosto de Trescott, como se nessa observação do juiz o médico reencontrasse um velho problema. Contentou--se em suspirar e responder: "Quem sabe?". As palavras ecoaram num tom profundo, que lhes emprestou um significado algo fugidio.

O juiz retomou uma atitude mais fria, típica da magistratura. "Talvez não possamos falar com propriedade sobre esse tipo de ação, mas sou levado a afirmar que você realiza um ato de caridade questionável ao preservar a vida desse negro. Tanto quanto eu entenda, ele será doravante um monstro, um monstro absoluto, e provavelmente com um cérebro prejudicado. Nenhum homem pode observá-lo, Trescott, como eu observei, e não perceber que, para você, trata-se de uma questão de consciência, mas receio, meu amigo, que ela seja um dos absurdos da virtude." O juiz pronunciara seu parecer com a oratória habitual. E dedicou especial ênfase às três últimas palavras, como se a frase fosse descoberta sua.

O médico fez um gesto contrariado. "Ele salvou a vida do meu menino."

"Sim", reagiu o juiz, de pronto, "eu sei!".

"E o que devo fazer?", perguntou Trescott, com os olhos subitamente acesos como uma explosão de turfa ardente. "O que devo fazer? Ele se entregou pelo Jimmie. O que devo fazer por ele?"

O juiz sentiu-se envergonhado ao ouvir aquelas palavras. Baixou os olhos por um instante. Espetou os pepinos no prato.

Logo a seguir, endireitou-se na cadeira. "Ele será sua criação, você entende? É puramente uma criação sua. É evidente que a natureza já desistiu dele. Ele está morto. Você o está trazendo de volta à vida. Você o está reconstruindo, e ele será um monstro, desprovido de razão."

"Ele será o que quiser que ele seja, juiz", gritou Trescott, em fúria repentina, porém contida. "Ele será qualquer coisa, mas, por Deus! Ele salvou meu menino."

O juiz interrompeu com voz trêmula de emoção: "Trescott! Trescott! E eu não sei?".

Trescott ficara amuado, de mau humor. "Sim, você sabe", respondeu, ácido, "mas você não sabe o que significa alguém salvar seu filho da morte". Era uma alusão demasiado infantil à solteirice do juiz. Trescott tinha consciência de que o comentário era pueril, mas parecia extrair dele um desesperado deleite.

Passou, porém, completamente despercebido ao juiz. Não era seu ponto fraco.

"Estou confuso", continuou, perdido em pensamentos. "Não sei o que dizer."

Trescott se arrependera. "Não conclua que não dou valor ao que diz, juiz, mas..."

"Claro!", respondeu o juiz, "naturalmente!".

"Aquilo...", prosseguiu Trescott.

"Claro", disse o juiz.

Em silêncio, retomaram o jantar.

"Bem", disse o juiz, por fim, "é difícil para um homem saber o que fazer".

"É verdade", concordou enfaticamente o médico.

Mais uma vez, silêncio. Logo quebrado pelo juiz:

"Escute, Trescott, não quero que pense..."

"Não, claro que não", respondeu o médico com sinceridade.

"Bem, não quero que pense que eu diria algo no sentido de... Foi só que pensei que poderia sugerir que... talvez o caso seja um pouco ambíguo..."

Revelando de repente o que estava de fato incomodando seu espírito, o médico disparou: "Bem, o que você faria? Você o mataria?", perguntou, de forma abrupta, dura.

"Trescott, seu tolo", respondeu o juiz gentilmente.

"Ah, eu bem sei, juiz, mas então...", o médico enrubesceu e redobrou a contundência: "Ele salvou meu garoto, entende? Ele salvou meu garoto".

"Isso ele fez mesmo", retrucou o juiz, elevando a voz, eloquente. "Isso ele fez mesmo." E permaneceram por um tempo olhando um para o outro, os rostos iluminados por recordações de certo ato.

Após novo período de silêncio, o juiz completou: "É difícil para um homem saber o que fazer".

Certa noite, já bem tarde, Trescott retornava de uma consulta e se deteve em frente ao portão de Hagenthorpe. Amarrou a égua ao velho poste de estanho e entrou na casa. Passado um tempo, ressurgiu acompanhado por um homem que caminhava de modo lento e cuidadoso, como se estivesse aprendendo a se locomover. Estava coberto até os calcanhares por um velho sobretudo. Entraram os dois na charrete e partiram.

Após um silêncio quebrado apenas pelo zumbido veloz e musical das rodas da charrete sobre a estrada lisa, Trescott falou. "Henry", disse, "arrumei um lugar para você morar, na casa do velho Alek Williams. Lá terá tudo o que quiser comer e um bom canto para dormir, e espero que você se dê bem por lá. Pagarei todas as suas despesas e irei visitá-lo sempre que puder. Se vocês não se derem bem, quero que me avise o quanto antes, e então faremos o possível para que tudo melhore".

O vulto escuro ao lado do médico respondeu com uma risada animada. "As rodas da charrete num tão com cara que eu lavei elas ontem, doutor", disse.

Trescott hesitou por um momento, depois insistiu: "Vou levá-lo para a casa do Alek Williams, Henry, e depois vou...".

O vulto riu de novo. "Não, num quero! Não siô! O Alek Williams num sabe nada de cavalo! Nadinha. Num sabe a diferença dum cavalo prum porco." A risada que se seguiu soou como um guizo de seixos.

Trescott virou-se e olhou com austeridade e frieza para o vulto indistinto na escuridão projetada pela charrete. "Henry", continuou, "não falei nada sobre cavalos. Eu estava dizendo...".

"Cavalo? Cavalo?", enunciou a voz acanhada que vinha da penumbra. "Cavalo? Claro que num entendo nada de cavalo. Nadinha!" Seguiu-se um riso abafado e sarcástico.

Percorridos 5 quilômetros, a égua afrouxou o passo

e o médico se inclinou para a frente, espreitando, enquanto encurtava as rédeas. As rodas da charrete bateram várias vezes contra os pedregulhos que afloravam na estrada. Uma janela brilhava ao longe, um simples quadrilátero de topázio na longa encosta de uma colina negra. Quatro cães cercaram a charrete com ferocidade e, quando o veículo não recuou prontamente, circularam corajosos, rodeando os flancos e latindo. Uma porta se abriu perto da janela junto à encosta. Um homem saiu e se plantou numa praia de luz amarela.

"Aqui, aqui! Rover! Susie! Venham! Já aqui!"

Trescott gritou em meio ao mar escuro de grama: "Olá, Alek!".

"Olá!"

"Desça aqui e me mostre aonde devo levar a charrete."

O homem mergulhou da praia para as ondas, e Trescott só conseguia acompanhar seu rastro por causa das eloquentes e bem-educadas exclamações de alguém que se aproximava. Logo a seguir, Williams segurou a égua pela cabeça e, soltando brados de boas-vindas e repreendendo os cachorros que os rodeavam, conduziu a charrete em direção às luzes. Quando pararam à porta e Trescott já descia, Williams gritou: "Ela para quieta, doutor?".

"Quieta ela fica, sim, mas é melhor segurá-la um minuto. Agora, Henry..." O médico se virou e estendeu os braços para o vulto escuro, que se movimentou em sua direção com vagar, dolorosamente, como alguém descendo uma escada. Williams levou a égua para longe e amarrou-a numa arvorezinha. Quando voltou, encontrou-os esperando por ele na penumbra, fora do alcance dos raios de luz que vinham da porta.

Rebentou, então, como um sifão pressionado por um polegar nervoso. "Henry! Henry, meu velho amigo. Tô feliz demais, ô se tô!"

Trescott tomara o vulto silencioso pelo braço e o conduzira até a plena revelação proporcionada pela luz. "Bem, Alek, agora pode levar o Henry e acomodá-lo na cama, e pela manhã eu..."

Perto do final dessa frase, o velho Williams tinha se posicionado frente a frente com Johnson. Perdeu o fôlego por um instante e, depois, soltou o grito de um homem apunhalado no coração.

Por uma fração de segundo, Trescott parecia estar à procura de epítetos. Em seguida, rugiu: "Seu negro velho e idiota! Seu negro velho... cale a boca! Cale a boca! Está me ouvindo?".

Williams obedeceu no mesmo instante no que dizia respeito a seus próprios gritos, mas continuou em voz baixa: "Ô nosso sinhô! Quem diria? Ô nosso sinhô!".

Trescott voltou à carga, à maneira de um comandante de batalhão. "Alek!"

O velho negro se rendeu, de novo, mas repetia para

si mesmo, num sussurro: "Ô nosso sinhô!". Estava horrorizado e tremia.

Quando esses três pontos, que projetavam sombras crescentes, se aproximaram do vão de entrada dourado, uma velha negra e robusta apareceu e se curvou. "Boas noites, doutor! Boas noites! Entre! entre! entre!" Era nítido que ela acabara de desistir de uma luta inglória para pôr a casa em ordem, mas agora já conseguia se curvar com rapidez. Fazia o esforço de uma pessoa nadando.

"Não se incomode, Mary", disse Trescott, entrando. "Trouxe o Henry para vocês cuidarem, só precisam fazer o que eu mandar, nada mais." Percebendo que era seguido, voltou-se para a porta e disse: "Entre, Henry".

Johnson entrou. "Vixe!", berrou a sra. Williams, quase perpetrando um salto-mortal de costas. Seis jovens membros da tribo dos Williams pularam ao mesmo tempo para trás do fogão, em busca de abrigo, e ali se moldaram num amontoado choroso.

XIII

"Você sabe muito bem que sua família sempre viveu com menos de 3 dólares por semana, e agora que o dr. Trescott lhes paga 5 dólares por semana para cuidarem do

Johnson vivem como milionários. Não pegaram mais na labuta desde que o Johnson passou a morar com vocês, todo mundo sabe disso; então, de que está reclamando?"

O juiz sentou-se em sua poltrona no alpendre, acariciando a bengala e olhando de cima para o velho Williams, embaixo dos arbustos de lilases. "Eu sei, siô juiz", disse o negro, abanando a cabeça, confuso. "Num é que num dou valor pro que o doutor fez, mas... mas... bom, sabe, siô juiz", ele acrescentou, ganhando novo ímpeto, "é uma trabalheira só, esse velho aqui nunca trabalhou tanto, Deus meu, não siô".

"Não diga bobagem, Alek", retrucou o juiz, ríspido. "Você nunca trabalhou a sério na vida, nem o suficiente sequer para sustentar uma família de pardais, e agora, quando está em uma condição mais próspera do que nunca, me aparece falando como um velho tolo."

O negro começou a coçar a cabeça. "Olha, juiz", disse, por fim, "a minha velha... num pode mais receber visita de outras senhoras, nem pensar".

"Que se lixem essas senhoras!", reagiu o juiz, irascível. "Se você tem farinha na barrica e carne na panela, sua mulher pode se virar sem receber visitas de outras senhoras, não é mesmo?"

"É que ninguém vem mais, juiz", respondeu Williams com um ar ainda mais perplexo. "Nem as amigas da minha mulher nem meus amigos chegam perto da nossa casa."

"Bem, que fiquem em casa, se são tolos assim."

O velho negro parecia buscar uma maneira de escapar desse argumento, mas, evidentemente não encontrando nenhuma, preparou-se para sair de fininho. Contudo, deteve-se. "Juiz", disse, "minha velha num tá boa das ideias".

"Sua velha é uma idiota", respondeu o juiz.

Williams se aproximou e espreitou, solenemente, através de um ramo de lilases. "Juiz", sussurrou, "as crianças".

"Que tem elas?"

Baixando a voz a profundezas funerárias, Williams continuou: "Elas num conseguem comer".

"Não conseguem comer!", zombou o juiz em voz alta. "Não conseguem comer! Deve achar que sou um velho tão tolo quanto você. Os pequenos malandros não conseguem comer? O que é que os impede de comer?"

Em resposta, Williams disse com ênfase pesarosa: "É o Henry".

Comovido por uma espécie de satisfação pelo trágico uso que fez do nome, continuou olhando fixo para o juiz, tentando identificar uma repercussão desse efeito.

O juiz gesticulou, irritado. "Escuta, seu safado, chega de enrolação. O que você está tramando? O que você quer? Fale logo, seja homem, e me poupe dessa papagaiada."

"Mas num tô enrolando, juiz", replicou Williams, indignado. "Não, siô, digo logo o que tenho de dizer. Falo mesmo."

"Então, diga."

"Juiz", começou o negro, tirando o chapéu e batendo com ele no joelho, "Deus sabe que eu faria por 5 dólares por semana a mesma coisa que qualquer homem faria, mas esse caso é ruim demais, juiz. Ninguém mais dorme lá em casa desde que o doutor levou ele pra lá".

"Bem, e o que você se propõe fazer a respeito disso?"

Williams ergueu os olhos do chão e contemplou as árvores. "Sempre tive bom apetite e durmo feito um tronco, mas ele acabou comigo. Num é nada bom, isso, nadinha. Acordo no meio da noite e fico ouvindo ele choramingar e choramingar, e fico de vigia, só vigiando, pra ver se ele fica bem. E aí rolo na cama e vou tremer a noite toda. Num sei como vai ser no inverno. Num posso deixar ele ir aonde ficam as crianças. Ele vai é congelar naquele quarto." Williams pronunciou essas frases como se falasse sozinho. Depois de um silêncio de profunda reflexão, continuou: "As pessoas tão falando por aí que aquele num é o Henry Johnson coisa nenhuma. Falam que é o diabo!".

"O quê?", gritou o juiz.

"Sim, siô", repetiu Williams em tom ofendido, como se a veracidade de sua afirmação tivesse sido contestada. "Sim, siô. Tô falando a verdade, juiz. Muitas pessoas inteligentes lá do bairro dizem que ele é o diabo."

"Mas você não pensa assim, certo?"

"Não. Diabo nada. É o Henry Johnson."

"Bem, então, qual é o seu problema? Não dê atenção ao que um monte de gente tonta diz. Continue cuidando da sua vida, e não preste atenção a essas bobagens inúteis."

"É bobagem, juiz, mas é que ele parece um diabo."

"Que lhe importa a aparência dele?", perguntou o juiz.

"Meu aluguel é 2 dólares e meio por mês", disse Williams lentamente.

"Podia ser até 10 mil dólares por mês", retrucou o juiz. "Você nunca paga mesmo."

"E tem mais", seguiu Williams em tom reflexivo. "Se ele tivesse bem da cachola, eu até que aguentava, mas ele tá doidinho, juiz. E aí tem todas essas coisas, ele parece o diabo, assusta meus amigos todos, minhas crianças num conseguem comer e minha velha faz escarcéu, meu aluguel tá 2 dólares e meio por mês, e ele num tá bem da cachola, então parece que 5 dólares por semana..."

A bengala do juiz socou ríspida e subitamente o piso do alpendre. "Pronto", disse, "sabia que era aí que você queria chegar".

Williams começou a balançar a cabeça de um lado para outro daquele jeito esquisito, típico da raça. "Pera aí, juiz", reagiu, na defensiva. "Num é que num dou valor pro que o doutor fez. Num é isso. O dr. Trescott é homem bom, num é que num dou valor pro que ele fez, mas, mas..."

"Mas o quê? Já está me dando nos nervos, Alek. Agora me diga o seguinte: já ganhou 5 dólares por semana de forma regular alguma vez na vida?"

Williams na mesma hora se aprumou com grande dignidade, mas, durante a pausa que sucedeu essa pergunta, foi se recolhendo aos poucos até assumir outra atitude. Por fim, respondeu heroicamente: "Não, juiz, num ganhei, não. E num tô dizendo que 5 dólares num é um dinheirão prum homem que nem eu... Mas, juiz, pra fazer esse trabalho, precisa ganhar um ordenado. Sim, siô, juiz", repetiu, com um gesto largo, impressionante, "pra fazer esse trabalho, precisa ganhar um ordenado". E pôs imensa ênfase na última palavra.

O juiz riu. "Sei o que o dr. Trescott pensa desse assunto, Alek, e se está insatisfeito com seu pensionista, ele está disposto a mudá-lo para outro lugar; assim, se quiser que eu dê o recado de que está farto do combinado e deseja que ele se mude, Trescott irá até a sua casa e levará Johnson embora."

Williams coçou a cabeça, de novo imerso em grande perplexidade. "Cinco dólares tá bem pago pra hospedar, mas num é muito pra hospedar um doido", completou, por fim.

"Quanto acha que deveria receber?", perguntou o juiz.

"Bom", respondeu Alek, como se equilibrasse cuidadosamente os pratos de uma balança, "ele parece o diabo, assusta meus amigos todos, minhas crianças num conseguem comer, já num durmo mais e ele num tá bem da cachola...".

"Já me disse tudo isso."

Depois de coçar o cabelo crespo, bater com o chapéu no joelho e contemplar, indeciso, as árvores adiante e, a seguir, o chão, Williams gaguejou, chutando nervosamente o cascalho: "Bom, juiz, acho que vale".

"Vale o quê?"

"Seis dólares", respondeu Williams em um surto de desespero.

O juiz recostou-se na poltrona e fez todos os movimentos de um homem rindo com vontade, mas não emitiu som algum, a não ser uma leve tosse. Williams o observava, apreensivo. "Bem", disse o juiz, "você chama 6 dólares de ordenado?".

"Num chamo não, siô", respondeu prontamente Williams. "Num é ordenado, não. Não mesmo, num é ordenado." E voltou o olhar com certa raiva para o homem que questionava sua inteligência daquela maneira.

"Bem, supondo que seus filhos não consigam comer?"

"Eu..."

"E supondo que ele se pareça com o diabo? E supondo

que todas aquelas situações continuem? Ficaria satisfeito com 6 dólares por semana?"

Lembranças pareciam se acumular na mente de Williams durante esses interrogatórios, e ele acabou por responder de maneira dúbia. "Bom, claro que é um homem que num tá bom da cachola, que parece o diabo, mas 6 dólares..." Depois dessas duas tentativas de formar uma frase, Williams de repente parecia um orador, com uma palma grande e brilhante tremulando no ar. "Bom, digo o seguinte, juiz, 6 dólares são 6 dólares, mas, se eu receber 6 dólares pra hospedar Henry Johnson, é porque mereço. Eu mereço!"

"Não duvido que mereça os 6 dólares por cada semana do seu trabalho", disse o juiz.

"Bom, se eu ganhar 6 dólares por semana pra hospedar Henry Johnson, é porque mereço. Eu mereço!", exclamou Williams com entusiasmo.

XIV

O assistente de Reifsnyder saíra para jantar, e o proprietário da barbearia tentava aplacar quatro homens que desejavam fazer a barba de imediato. Reifsnyder era muito tagarela, fato que o tornava uma figura notável entre os colegas que, como classe, são estritamente reservados, tendo aprendido o valor do silêncio pelo martelar insistente de uma tradição. Ali, quem fala são os clientes.

Enquanto deslizava a navalha pela bochecha de um freguês, Reifsnyder se virava com frequência para apaziguar a impaciência dos outros com uma conversa agradável, na qual poucos prestavam atenção.

"Devia tê-lo deixado morrer", disse Bainbridge, um engenheiro ferroviário, finalmente reagindo a uma das observações do barbeiro. "Cale a boca, Reif, e cuide da sua vida!"

Em vez disso, Reifsnyder interrompeu o barbear do cliente e virou-se para encarar o interlocutor. "Deixarr morrer?", disparou. "Como assim? Como pode deixarr um homem morrer?"

"Deixando, seu tonto", replicou o engenheiro. Os outros riram, baixo, e Reifsnyder retomou imediatamente seu trabalho, amuado, como um homem subjugado pela crueza dos números.

"Como assim?", seguiu resmungando. "Como pode deixarr um homem morrer, depois de tudo que ele fez?"

"Depois de tudo que ele fez?", repetiu Bainbridge. "O melhor que você tem a fazer é barbear essas pessoas. Ou talvez isto aqui não seja uma barrbearria?"

Um homem que até ali estava calado acrescentou: "Fosse eu o médico, teria feito a mesma coisa".

"Clarro", disse Reifsnyder. "Qualquer homem farria isso. Qualquer homem que não fosse você, seu velho peixe de corração de pedrra." Garimpara as palavras finais com doloroso cuidado e ofertou o resultado triunfalmente a Bainbridge. O engenheiro riu.

O homem na cadeira de barbeiro ergueu-se mais um pouco, enquanto Reifsnyder iniciava a elaborada cerimônia de untar e pentear-lhe o cabelo. Livre agora para se juntar à conversa, anunciou: "Dizem que ele é a coisa mais horrorosa do mundo. O jovem Johnnie Bernard, que conduz a carroça da mercearia, viu-o no barraco do Alek Williams e diz que não conseguiu comer nada por dois dias".

"Bahhh!", disse Reifsnyder.

"Bem, o que o torna assim tão horrendo?", perguntou outro.

"É que ele não tem rosto", entoaram o barbeiro e o engenheiro num dueto.

"Não tem rosto?", repetiu o homem. "Como pode viver sem rosto?!"

"Não tem rosto na parte da frente da cabeça, no lugar onde o rosto geralmente cresce."

Bainbridge recitou esses versos pateticamente enquanto se levantava e pendurava o chapéu no mancebo. O homem na cadeira estava prestes a rendê-lo no posto. "Acelera esse passo aí e capricha", disse a Reifsnyder. "Saio daqui às 7h31."

Ao espalhar a espuma no rosto do engenheiro, o barbeiro parecia muito pensativo. Então, de repente, explodiu. "O que acham de perrder o rosto?", gritou para os presentes.

"Bom, se fosse obrigado a ter um rosto como o seu", retorquiu um cliente.

A voz de Bainbridge emergiu de um mar de espuma. "Você reclama porque, se essa história de perder o rosto vira moda, sua barbearia vai à falência."

"Acho que não virra moda, não", disse Reifsnyder.

"Não se a moda for perder o rosto da maneira como ele perdeu", disse outro homem. "Prefiro ficar com o meu, se não se importa."

"É bem verdade!", gritou o barbeiro. "Imaginem!"

O barbear de Bainbridge chegara a um ponto que lhe garantia certa mobilidade para falar. "O que será que o médico diz a si mesmo?", observou. "Talvez se arrependa de tê-lo deixado viver."

"Era a única coisa que podia fazer", arriscou um freguês. Os outros pareceram concordar com ele.

"Supondo que estivesse no lugar dele", propôs alguém, "e o Johnson tivesse salvado seu filho. O que você faria?".

"Certamente!"

"Claro! Faria qualquer coisa por ele. Enfrentaria todos os problemas do mundo por ele. E gastaria seu último tostão com ele. Bem, e então?"

"Como serrá ficar sem rosto?", disse Reifsnyder em tom meditativo.

O homem que havia falado anteriormente, acreditando que tinha se expressado bem, repetiu tudo. "Faria qualquer coisa por ele. Enfrentaria todos os problemas do mundo por ele. E gastaria seu último tostão com ele. Bem, e então?"

"Mas veja", disse Reifsnyder, "e se você não tem mais rosto...".

XV

Assim que sumiu do campo de visão do velho juiz, Williams começou a gesticular e a falar sozinho. Uma sensação de euforia tinha claramente invadido seus órgãos vitais e o fazia inflar como se estivesse cheio de gás. Estalava os dedos no ar e assobiava trechos de uma melodia triunfante. Por vezes, enquanto avançava rumo ao seu barraco, entregava-se a um movimento com os pés que, na verdade, era uma dança. Podia-se concluir, pelo monólogo que lhe fazia acompanhamento, que ele emergira de suas provações altivo e coroado de louros. Era o invencível Alexander Williams. Nada podia superar a ousada autoconfiança de sua atitude.

Seu caminhar monárquico, a canção heroica, o agitar cômico das mãos, tudo sugeria que ia ali um homem que desafiara o mundo com êxito.

No meio do caminho, avistou Zeke Paterson, que ia para a cidade. Cumprimentaram-se a uma distância de 50 metros.

"Como tem passado, irmão Paterson?"

"Como tem passado, irmão Williams?"

Eram ambos diáconos.

"E a família, vão todos bem, irmão Paterson?"

"Indo, indo. E a sua, irmão Williams?"

Nenhum dos dois diminuíra minimamente o ritmo. Tinham simplesmente iniciado a conversa quando separados por um espaço razoavelmente curto, continuaram ao passar um pelo outro e acrescentaram perguntas cordiais enquanto se afastavam, aos poucos. A mente de Williams parecia um balão. Estava tão cheio de si que nem notou que Paterson havia nitidamente desviado para o trecho seco do caminho quando ambos estavam próximos do contato físico.

Depois, seguindo adiante solitário, irrompeu de novo em cantos e celebrações pantomímicas, dignas de sua alta condição. Seus pés se moviam rapidamente, em passos saltitantes.

Quando avistou sua cabana, os campos se banhavam num crepúsculo azul e a luz da janela chegava-lhe desbotada. Saltando e gesticulando, observou essa luz com alegria. De súbito, outra ideia pareceu ocupar sua mente, e ele se deteve, com ar de quem perdera o ânimo. Acabou por se aproximar da própria casa como se esta fosse uma fortaleza inimiga.

Alguns cães competiram para alcançá-lo, ruidosos, mas, ao identificar o dono, afastaram-se envergonhados. Williams reprimiu-os em tom abafado.

Chegando à porta, abriu-a com a timidez de um ladrão inexperiente. Esticou o pescoço com cuidado para dentro, meio de lado, e seus olhos cruzaram com os de sua mulher, que estava à mesa, a luz do candeeiro definindo-lhe metade do rosto. "'Psiu!", disse ele inutilmente. Seu olhar viajou com rapidez para a porta de dentro, que trancava o quarto de dormir. Os negrinhos, espalhados pelo chão da sala, roncavam, tranquilos. Depois de uma refeição farta, haviam se dispersado rapidamente pela casa e adormecido. "Psiu!", repetiu Williams à mulher, que seguia imóvel e muda. Havia deixado só a cabeça aparecer. Sua mulher, com uma das mãos apoiada na borda da mesa e a outra sobre o joelho, encarava-o com olhos arregalados e lábios entreabertos, como se ele fosse um fantasma. Parecia alguém que vivia em constante terror, e até mesmo um rosto familiar à porta a abalara, por ter surgido de repente.

Williams quebrou a tensão do silêncio. "Ele está

bem?", sussurrou, fazendo sinal com os olhos na direção do quarto. Acompanhando, apreensiva, o olhar do marido, a mulher assentiu com a cabeça e respondeu baixinho:

"Acho que deve ter caído no sono, sim."

Williams, então, esgueirou-se sorrateiramente porta adentro, transpondo a soleira sem fazer barulho.

Ergueu uma cadeira e, com extremo cuidado, posicionou-a de modo que ficasse de frente para a temida porta do quarto. Sua mulher se deslocou um pouco, para também poder encarar o aposento. Um silêncio lhes sobreveio, em que pareciam aguardar por uma calamidade, estrondosa e mortal.

Williams finalmente tossiu, cobrindo a boca com a mão. Sua mulher se assustou e o olhou, preocupada. "Parece que o homem vai ficar quietinho esta noite", suspirou. Ambos dirigiam, continuamente, falas e olhares na direção da porta do quarto, como se prestassem homenagem a um cadáver ou a um fantasma. Outro longo silêncio se seguiu a essa frase. Os olhos do casal brilhavam, brancos e arregalados. Uma carroça passou chacoalhando pela estrada distante. De suas cadeiras, olharam para a janela, e o efeito da luz dentro da cabana emulava a noite intensamente negra e solene lá fora. A velha mulher assumiu a atitude que em geral era usada na igreja durante funerais. Às vezes, parecia estar a ponto de irromper em preces.

"Tá quieto até demais hoje", sussurrou Williams. "Passou bem o dia?" Em resposta, a mulher ergueu os olhos para o teto, num suplício de Jó. Williams se mexia, nervoso. Por fim, caminhou até a porta na ponta dos pés. Ajoelhou-se devagar, sem emitir um pio, e colou o ouvido perto do buraco da fechadura. Ao ouvir um barulho atrás de si, virou-se de pronto. A mulher o fitava, aterrorizada. Estava em pé, em frente ao fogão, e seus braços estavam abertos, num movimento natural de quem busca proteger a prole adormecida.

Mas Williams se levantou sem ter tocado a porta. "Deve tá dormindo", disse, dedilhando o cabelo crespo. Ponderou consigo mesmo por algum tempo. Durante esse intervalo, a mulher permaneceu imóvel, uma estátua grande e gorda da mãe protegendo os filhos.

Estava claro que sua mente fora repentinamente varrida por uma onda de ousadia. Com passo firme, andou até a porta. Seus dedos estavam prestes a tocar na maçaneta, quando se abaixou e se esquivou de repente, batendo com a palma das mãos na parte de trás da cabeça. Foi como se o portal o tivesse ameaçado. Houve um pequeno tumulto perto do fogão, onde, na desesperada tentativa de se afastar, a sra. Williams pisara nos pés das crianças prostradas.

Depois do pânico, Williams deixou transparecer sinais de vergonha. Voltou à carga. Pegou com firmeza a maçaneta com a mão esquerda e, com a outra mão, girou a chave na fechadura. Empurrou a porta e, quando ela se escancarou, saltou, ágil, para o lado, como o escravo medroso que liberta o leão da jaula. Perto do fogão um grupo se reunira, a mãe apavorada, com os braços abertos, e as crianças despertas agarrando-se freneticamente à sua saia.

A luz incidiu, acompanhando o movimento oscilante da porta, e revelou um cômodo com 2 metros para um lado e 2 metros para o outro. Era pequeno o suficiente para que o brilho da luz o mostrasse por inteiro. Williams espreitou com cuidado o canto formado pelo batente da porta.

De repente, avançou, recuou e tornou a avançar, soltando um grito agudo. A família, paralisada, esperava que ele desse um salto para trás e, ao ouvir o grito, amontoou-se de modo impressionante. Mas Williams ficou parado ali no meio do quartinho, gritando em frente a uma janela aberta. "Ele foi embora! Ele foi embora! Ele foi embora!" Seu olho e sua mão tinham rapidamente comprovado o fato. Até abrira um pequeno armário.

Em seguida, saiu correndo dali. Agarrou o chapéu e empurrou a porta da frente com força, quase arrebentando as dobradiças. E mergulhou intrepidamente na noite. Gritava: "Dr. Trescott! Dr. Trescott!". Correu desvairado pelos campos afora, galopando rumo à cidade.

Continuou a chamar por Trescott, como se ele pudesse ouvi-lo. Era como se Trescott pairasse no céu contemplativo acima do negro que corria e fosse capaz de apreender a voz que ecoava "Dr. Trescott!".

Na cabana, a sra. Williams, apoiada por turnos alternados do batalhão de crianças, guardou sentinela, trêmula, até que a verdade da luz do dia emergiu como um reforço, fazendo delas crianças arrogantes, empertigadas, valentonas, e dela uma mãe que anunciava ao mundo sua infinita coragem.

XVI

Theresa Page ia dar uma festa. Era o fruto de uma longa série de argumentações dirigidas a sua mãe, que haviam sido escutadas, em parte e por acaso, por seu pai. Ele disse, por fim, seis palavras: "Oh, deixe que dê a festa". A mãe havia, então, capitulado de bom grado.

Theresa escrevera dezenove convites e os distribuíra no recreio aos colegas de escola. Mais tarde, sua mãe assara cinco bolos grandes e, ainda mais tarde, preparara uma vasta quantidade de limonada.

Assim, as nove meninas e os dez meninos se sentaram, cheios de si, na sala de jantar, enquanto Theresa e a mãe os empanturravam de bolo e limonada, e também de sorvete. Essa afetação toda caía-lhes agora de modo muito estranho. Devia-se à presença da sra. Page. Antes, brincando sozinhos na sala de estar, haviam derrubado uma cadeira; os garotos tinham, em graus variados, deixado aflorar seu espírito arruaceiro. Mas, quando podiam extrapolar suficientemente as circunstâncias para fazer jus à fama de maus, as meninas os tornavam vítimas de um orgulho insuportável, desprezando-os sem dó nem piedade. Assim, na sala de jantar, o grupo se assemelhava a uma turma de catequese, se não fossem os sorrisos furtivos, os gestos, as repreensões mútuas e os beicinhos, que emprestavam ao evento as características típicas de uma festa de criança.

Duas garotinhas desse comportadíssimo convescote foram acomodadas num sofá, de costas para a ampla janela. Sorriam radiantes e carinhosamente uma para a outra, com a intenção de desdenhar dos rapazes.

Ao ouvir um barulho atrás de si, perto da janela, uma das meninas se virou. Na mesma hora, gritou e saiu correndo dali, cobrindo o rosto com as mãos. "O que foi? O que foi?", exclamavam todos, em meio ao tumulto. Um leve movimento dos olhos da criança que chorava e tremia comunicou a todos os presentes que ela se assustara com uma aparição na janela. Todos se voltaram para a imperturbável janela ao mesmo tempo e, por um instante, fez-se silêncio. Um jovem mais astuto conduziu um censo rápido, contando os outros garotos. A piada de sair sorrateiro do recinto e ressurgir, feito um fantasma, perto da janela era por demais digna de admiração. Mas os meninos estavam todos presentes e atordoados.

Ao se recuperarem emocionalmente, soltaram gritos de guerra e avançaram ligeiros por uma porta lateral, decididos a enfrentar o terror lá fora. Rivalizavam entre si em termos de ousadia.

Ninguém desejava, em particular, encontrar um dragão na escuridão do jardim, mas não havia lugar para vacilos quando os justos da sala de jantar estavam presentes. Chamando-se uns aos outros em tons severos, saíram em feroz perseguição pelo gramado, atacando com fúria as sombras, mas ainda com a cautela de seres sensatos. Nada encontraram, porém, que perturbasse a paz da noite. Claro que um dos jovens contou uma grande mentira. Descreveu um vulto sombrio, que se abaixou para escapulir pela cerca sem ser notado. Acrescentou uma série de detalhes, tornando sua mentira ainda mais espetacular ao repetir certos artifícios que lembrava dos romances. Por exemplo, insistiu que ouvira a criatura emitir um riso lúgubre.

Dentro da casa, a menina que dera o alarme ainda tremia e chorava. Com grande dificuldade, foi devolvida a um estado próximo da serenidade pela sra. Page. Em seguida, quis ir imediatamente para casa.

Page entrou em casa nesse momento. Tinha se exilado até concluir que a festa das crianças havia enfim terminado. Viu-se obrigado a acompanhar a menina até em casa porque ela voltou a berrar quando abriram a porta e ela viu a noite.

Ela não se mostrava coerente, nem mesmo para a mãe. Era o vulto de um homem? Ela não sabia. Era simplesmente uma coisa, uma coisa horrorosa.

XVII

Em Watermelon Alley, os Farragut passavam a noite como de costume, no alpendre pequeno e humilde da casa da família. Por vezes, gritavam mexericos para os vizinhos em outros alpendres igualmente humildes. O choro delicado de um bebê ressoava de uma casa próxima. Um homem iniciou uma violenta discussão com a mulher, na qual a ruazinha não prestou nenhuma atenção.

E então, de súbito, surgiu diante dos Farragut um monstro, curvando-se em profunda e longa reverência. Houve uma rápida pausa, mas logo ocorreu algo semelhante ao efeito de um sismo na superfície terrestre. A velha se atirou para trás, soltando um grito tenebroso. O pequeno Sim, que estivera graciosamente empoleirado na cerca, ao vislumbrar o monstro simplesmente caiu no chão, sem emitir um som sequer. Seus olhos saltaram para fora das órbitas, suas mãos débeis tentaram agarrar a cerca para evitar o tombo, mas acabou despencando. Bella, chorando sem parar, e com os cabelos repentina e misteriosamente desgrenhados, rastejava, amedrontada, pelos degraus acima.

Em pé, diante daquela recém-arruinada reunião familiar, o monstro seguia fazendo reverências. A coisa chegou mesmo a erguer uma garra suplicante. "Num se incomode comigo, não, srta. Fa'gut", disse a coisa educadamente. "Num se incomode. Só vim saber se com vocês tá tudo bem, srta. Fa'gut. Num se incomode, não, num precisa se incomodar. Vim só convidar você pra dançar comigo no baile, srta. Fa'gut. Pergunto aqui se posso ter a gratidão da sua companhia nesse dia, srta. Fa'gut."

A moça lançou um olhar angustiante para trás. Ainda se afastava, rastejando. No chão, ao lado do alpendre, o jovem Sim soltou um estranho balido, expressão acabada tanto de seu pavor como de sua falta de fôlego. Daí a pouco, o monstro, com passo tranquilo e distinto, subiu os degraus atrás da moça.

Ela se arrastou até um canto da sala enquanto a

criatura ocupava uma cadeira. Sentou-se com muita elegância na borda do assento. Segurava um velho boné com as mãos. "Num se incomode com nada, não, srta. Fa'gut. Num se incomode com nada. Só vim perguntar se me dá a graça de aceitar meu humilde convite pra dançar, srta. Fa'gut."

Ela cobriu os olhos com os braços e tentou rastejar para longe da coisa, mas o afável monstro bloqueou o caminho. "Só vim convidar pro baile, srta. Fa'gut, só pra saber se posso ter a gratidão da sua companhia nesse dia, srta. Fa'gut."

Num último surto de desespero, a moça, tremendo e gemendo, atirou-se de cara no chão, enquanto o monstro, sentado na borda da cadeira, tagarelava e fazia convites corteses, segurando o velho chapéu delicadamente contra o estômago.

Na parte de trás da casa, a sra. Farragut, que pesava uma enormidade e que durante oito anos fizera pouco mais do que se sentar numa poltrona e descrever suas várias enfermidades, havia, com rapidez e agilidade, escalado uma alta cerca de madeira.

XVIII

A massa negra no meio da propriedade de Trescott mal tinha esfriado e os trabalhadores já construíam outra casa, que emergia a um ritmo fabuloso. Era como uma composição mágica nascida das cinzas. O consultório foi a primeira parte a ser concluída, e o médico já havia trazido seus novos livros, instrumentos e remédios.

Trescott estava sentado à escrivaninha quando o chefe de polícia chegou. "Bem, nós o encontramos", anunciou. "Encontraram?", exclamou o médico. "Onde?"

"Cambaleando pelas ruas à luz do dia, hoje cedo. Não faço ideia de onde ele passou a noite."

"Onde ele está agora?"

"Nós o enfiamos no xadrez. Não sabíamos o que fazer com ele. É isso que preciso que me diga. É claro que não podemos mantê-lo preso. Não há acusação, como sabe."

"Vou lá buscá-lo."

O policial sorriu retrospectivamente. "Devo dizer que ele fez uma carreira e tanto enquanto esteve à solta. Começou invadindo uma festa de crianças na casa do Page. Depois apareceu em Watermelon Alley. Minha nossa! Pôs todo mundo pra correr. Homens, mulheres e crianças dispararam aos berros. Dizem que uma velha quebrou a perna, ou algo assim, tentando pular uma cerca.

Dali seguiu direto pra rua principal, onde uma moça irlandesa teve um ataque e deu início a uma grande confusão. Ele começou a correr e a multidão o perseguiu, atirando pedras. Mas ele conseguiu escapar lá pelos lados da fundição, perto do pátio de trens. Procuramos a noite toda, mas não conseguimos encontrá-lo."

"Foi ferido? Alguém o acertou com as pedras?"

"Acho que não sobrou muita coisa para machucar, não é mesmo? Acho que já foi ferido até o limite. Não. Não chegaram a tocá-lo. Claro que ninguém queria realmente acertá-lo com as pedras, mas sabe como fica uma multidão. É como... como..."

"Sim, eu sei."

Por um momento, o chefe de polícia fitou o chão, meditativo. Depois falou, hesitante. "A menina que ele assustou na festinha é a filha do Jake Winter. Dizem que está muito doente."

"Verdade? Ora, não me ligaram. Sempre tratei da família Winter."

"Não? Não chamaram?", perguntou o chefe lentamente. "Bom... sabe... o Winter enlouqueceu com essa história toda. Queria até mandar prender você."

"Mandar me prender? É um idiota! Por que razão, em nome de Deus, poderia mandar me prender?"

"Claro, trata-se de um idiota. Mandei que fechasse a matraca. Mas você sabe como é, ele vai sair pela cidade tagarelando sobre o caso. Achei por bem vir aqui preveni-lo."

"Ele não tem importância nenhuma; de toda forma, fico-lhe muito agradecido, Sam."

"Por nada, imagine. Bem, vai passar lá hoje à noite para levá-lo, certo? O carcereiro o receberá aliviado. Ele não gosta nada desse serviço. Diz que pode levar seu homem quando quiser. Não há o que fazer com ele lá na cadeia."

"Mas que história é essa do Winter querer me prender?"

"Ah, é uma conversa sobre o fato de o doutor não ter o direito de permitir que esse... esse... homem fique à solta. Mas eu lhe disse para cuidar da própria vida. Só achei que devia vir avisá-lo. E digo mais, doutor, hoje só se fala desse assunto na cidade. Se eu fosse o senhor, só iria à cadeia bem tarde da noite, porque é provável que haja uma multidão lá na frente, e levaria uma máscara, ou algum tipo de véu, só como garantia."

XIX

Martha Goodwin era solteira e já estava naquela fase da vida em que são escassos os anos que se tem pela frente. Vivia com a irmã casada, em Whilomville. Fazia quase todo o trabalho doméstico em troca do privilégio de existir. Todos reconheciam, tacitamente, que a labuta era uma forma de penitência pela perda precoce do noivo, que morrera de varíola – não contraída dela, a propósito.

Mas, apesar das árduas e incessantes tarefas diárias, era uma mulher de grande disposição de espírito e inteligência. Guardava opiniões irrefutáveis sobre a situação na Armênia, a condição das mulheres na China, os flertes entre a sra. Minster da Niagara Avenue e o jovem Griscom, os debates nas aulas sobre a Bíblia da escola dominical batista, o dever dos Estados Unidos para com os rebeldes cubanos e muitos outros assuntos elevados. Sua experiência mais próxima com a violência foi adquirida numa ocasião em que vira um cão de raça levar pauladas do dono, mas, no plano que elaborara para reformar o mundo, preconizava medidas drásticas. Defendia, por exemplo, que todos os turcos fossem atirados ao mar e afogados, e que a sra. Minster e o jovem Griscom fossem enforcados lado a lado num cadafalso duplo. De fato, essa mulher pacífica, que testemunhara apenas a paz a vida toda, adotava um credo da mais desmedida ferocidade. Era inflexível acerca dessas questões porque, cedo ou tarde, acabava prevalecendo sobre os oponentes com uma fungadela que era puro desdém. A fungadela era como uma força da natureza. Para seus antagonistas, tinha a intensidade de uma pancada na cabeça, e não se sabe de ninguém que tenha se recuperado dessa demonstração de eloquente desprezo. Deixava seus interlocutores débeis, subjugados. Nunca mais se apresentavam como candidatos a levar um corretivo. E Martha seguia cuidando dos afazeres em sua cozinha com a testa franzida, grave, invencível como Napoleão.

Suas amigas e conhecidas, porém, magoadas pelas derrotas nos embates todos, havia muito remoíam uma revolta secreta. Não se tratava de uma conspiração, longe disso, porque elas não se davam ao trabalho de declarar guerra abertamente, mas, ainda assim, ficava subentendido que qualquer mulher cujos argumentos destoassem dos de Martha teria o apoio das outras, naquele pequeno círculo. Isso equivalia a um acordo em que todas eram obrigadas a desacreditar qualquer teoria que Martha abraçasse. Mas isso não as impedia de se referir ao seu intelecto com profundo respeito.

Duas pessoas, em especial, arcavam com o peso maior das aptidões de Martha. Sua irmã Kate a temia claramente, ao passo que Carrie Dungen chegava a largar sua cozinha, do outro lado da rua, para ir sentar-se com todo o respeito aos pés de Martha e aprender sobre as coisas do mundo. Claro que, mais tarde, sob outro sol, sempre ria de Martha e fingia menosprezar suas ideias, mas, na presença da soberana, ficava em silêncio, admirando-a. Kate, a irmã, não tinha relevância nenhuma. Sua principal ilusão era que cuidava de todo o trabalho nos quartos do andar de cima da casa, enquanto Martha fazia o mesmo no andar de baixo. A verdade era apreendida apenas pelo marido, que tratava Martha com uma gentileza que mesclava gracejo com deferência. A própria Martha não suspeitava ser o único pilar do edifício doméstico. A situação desafiava definições. Martha inventava declarações, mas as dedicava inteiramente aos armênios e a Griscom, aos chineses e outros assuntos. Seus sonhos, que outrora falavam de amor às pradarias, à sombra das árvores e ao rosto de um homem, envolviam agora outros temas, que conviviam entre si na cozinha, curiosamente: Cuba, a chaleira de água quente, a Armênia, a lavagem da louça, tudo misturado. Em relação a contravenções sociais, ela, que não passava do mausoléu de uma paixão morta, era provavelmente a crítica mais ferina da cidade. Essa mulher desconhecida, enfurnada numa cozinha como se estivesse presa num poço, causava um efeito certeiro e considerável na vida da cidade. Se o entorno se movia um metro, ela contribuíra pessoalmente com alguns centímetros. Sabia martelar com tanta firmeza na porta de uma proposta que terminava por soltá-la das dobradiças, derrubando-a sobre si mesma, mas o certo é que a porta se movia. Martha era uma locomotiva, e o fato de não se dar conta disso contribuía em grande medida para o efeito final. Um dos motivos que a tornavam temível era nem sequer desconfiar de que era temível. Seguia sendo uma criatura vulnerável, inocente e teimosa como uma mula, capaz de desafiar sozinha o universo caso considerasse o universo merecedor do corretivo.

Um dia, Carrie Dungen saiu apressada de sua cozinha ao encontro de Martha. Tinha muita coisa para contar. "O Henry Johnson escapou de onde o mantinham preso, veio até a cidade ontem à noite e quase matou todo mundo de susto."

Martha estava polindo uma panela loucamente. Nenhuma pessoa sensata enxergaria motivo para aquele ato, porque a panela já brilhava como prata. "Bom!", ela exclamou, conferindo à palavra um significado profundo. "Minha profecia se cumpriu." Era um hábito.

O excesso de informação sufocava Carrie. Antes que pudesse continuar, foi obrigada a parar e pensar por um instante. "E, ah, a pequena Sadie Winter está muito doente, e dizem que Jake Winter estava por aí hoje cedo tentando mandar prender o dr. Trescott. E a pobre sra. Farragut torceu o tornozelo ao tentar pular uma cerca. E há uma multidão em frente à cadeia, não arredam pé. Enfiaram o Henry na cadeia porque não sabiam mais o que fazer com ele, acho eu. Dizem que está mesmo medonho."

Martha deixou finalmente a panela de lado e confrontou sua impetuosa interlocutora. "Bem", disse de novo, segurando um grande trapo marrom. Kate ouvira, do quarto, o relato da empolgada visitante. Deixou de lado o romance que estava lendo e desceu. Era uma mulherzinha trêmula, suas escápulas pareciam duas lâminas de gelo, pois encolhia constantemente os ombros. "Será bem feito se ele perder todos os pacientes", disse, de repente, em tom sedento de sangue. As palavras saíam-lhe da boca retalhadas, como se seus lábios fossem tesouras.

"Bem, é provável que perca mesmo", bradou Carrie Dungen. "Já não tem um monte de gente dizendo que não o quer mais como médico? Se a pessoa estiver doente e nervosa, o dr. Trescott a mataria de medo, não é verdade? A mim, mataria. Não paro de pensar nisso."

Martha caminhava, altiva, de um lado para outro. De vez em quando, dirigia o olhar para as outras duas, contemplativa.

Depois de ter voltado de Connecticut, o pequeno Jimmie sentia, no início, muito medo do monstro que vivia no cômodo acima da cocheira. Não conseguia identificá-lo, de jeito nenhum. Gradualmente, porém, o medo diminuiu sob a influência de um estranho fascínio. Foi se aproximando aos poucos e acabou estreitando relações com a coisa.

Uma vez, o monstro estava sentado numa caixa, atrás do estábulo, aquecendo-se aos raios do sol da tarde. Um grosso véu de crepe cobria-lhe a cabeça.

O pequeno Jimmie e vários amigos surgiram pela lateral do estábulo. Todos frequentavam o que era popularmente conhecido como turma infantil, e por isso escapavam da escola meia hora antes das outras crianças. Pararam de forma abrupta ao ver a figura sentada na caixa. Jimmie acenou com a mão com ar de proprietário.

"Lá está ele", anunciou.

"O-o-o!", murmuraram os meninos pequenos. "O-o-o!" Recuaram e se reagruparam de acordo com o nível de coragem ou de experiência, quando, ao ouvir o som, o monstro virou lentamente a cabeça. Jimmie permanecera sozinho na dianteira. "Não tenham medo! Não vou deixar que machuque vocês", prometeu, encantado.

"O quê?", responderam com desdém. "Não temos medo."

Jimmie parecia colher todas as glórias de ser proprietário e expositor de uma das maravilhas do mundo, enquanto seu público permanecia a distância; reverente e extasiado; temeroso e invejoso.

Um deles se dirigiu a Jimmie friamente. "Aposto que não chega perto dele." Era um rapaz mais velho que Jimmie e que o intimidava de vez em quando. Essa ascensão social deve ter parecido revolucionária para o menino menor.

"O quê?", disse Jimmie com profundo escárnio. "Não chego? Não chego? Acha que não chego?"

O grupo ficou muito entusiasmado. Voltou os olhares para o menino que Jimmie interpelou. "Não chega, aposto que não chega perto", insistiu, impassível, encarando uma possível derrota moral. Podia ver que Jimmie estava decidido. "Não chega, aposto", repetiu, teimoso.

"Ah, é?", gritou Jimmie. "Então olha. Fica olhando!"

Em meio a um silêncio, virou-se e marchou em direção ao monstro.

Mas a palpável cautela de seus companheiros talvez tenha causado um efeito que lhe pesou mais do que sua experiência prévia, pois de repente, ao se aproximar do monstro, deteve-se, hesitante. Seus companheiros logo soltaram um grito depreciativo, e isso pareceu forçá-lo a avançar. Foi até o monstro e pousou com delicadeza a mão sobre seu ombro. "Olá, Henry", disse com a voz um pouco trêmula. O monstro cantava o verso estranho de uma melodia de negros, que na verdade não passava de um ruído baixo, e não deu atenção ao menino.

Jimmie voltou, pavoneando-se, ao encontro dos amigos. Eles o aclamaram e vaiaram seu oponente. Em meio ao clamor todo, o garoto maior tentou, com certa dificuldade, preservar uma atitude digna.

"Quer dizer que não chego perto dele?", disse Jimmie. "Você, que se acha tão esperto, quero ver se consegue!"

O desafio redobrou as provocações dos outros. O rapaz maior inchou as bochechas. "Bem, eu não tenho medo", explicou, meio amuado. Cometera um erro de diplomacia, e agora seus pequenos inimigos avacalhavam seu prestígio em público. Cantavam como galos e baliam como cordeiros, e faziam muitos outros ruídos que supostamente o enterravam no ridículo e na desonra. "Bem, eu não tenho medo", ele continuou a explicar, no meio da barulheira.

Jimmie, o herói da turba, foi impiedoso. "Você não tem medo, hein?", zombou. "Se não tem medo, vá até lá, então."

"Eu poderia ir, se quisesse", retorquiu. Seus olhos exibiam uma expressão de profunda angústia, mas ele conservou, com firmeza, outros traços típicos de uma valentia ébria. E voltou-se de súbito para um de seus detratores. "E você, se é tão esperto, por que não vai até lá?" O detrator se recolheu rapidamente, indo se misturar com a retaguarda do grupo. O incidente deu certo fôlego ao perseguido e, por um instante, chegou a desviar o foco da zombaria para outra direção. O rapaz tirou vantagem dessa pausa. "Eu vou se mais alguém também for", anunciou, estufando o peito.

Os candidatos à aventura não se apresentaram. Para se defenderem do contra-ataque, os outros garotos voltaram a cantar e a balir. Por um tempo, nada ouviram do rapaz desafiado. A cada vez que abria a boca, o coro de ruídos tornava impossível qualquer réplica. Mas, por fim, conseguiu repetir que se oferecia como voluntário para mostrar tanta coragem como qualquer outro menino ali.

"Então vai você primeiro", responderam.

Mas Jimmie interveio para, mais uma vez, liderar a plebe contra o grandão. "Você é muito corajoso, não é?", provocou. "Você me desafiou a ir, eu fui, não fui? Quem é o medroso agora?" Os outros aplaudiram aos gritos e no mesmo instante retomaram os ataques ao rapaz. Ele coçou, envergonhado, a canela esquerda com o pé direito.

"Não estou com medo." E deu uma olhada no monstro. "Não estou com medo." Lançando um olhar de ódio contra seus ruidosos oponentes, finalmente anunciou sua sinistra intenção. "Então eu vou, já que vocês são tão valentes. E vou já!"

A multidão se acalmou enquanto ele, com semblante ameaçador, se virou para o vulto impassível sentado na caixa. O avanço também foi marcado por uma progressão: de grande ousadia até covarde hesitação. Por fim, a poucos metros do monstro, o rapaz se deteve por completo, como se tivesse batido num muro de pedra. Os outros garotinhos observavam de longe e prontamente começaram a assobiar. Afetado, mais uma vez, pelos apupos, o rapaz deu dois discretos passos à frente. Estava agachado e encolhido como um gato, pronto para saltar para trás. A multidão na retaguarda, começando a respeitar o desempenho, soltou alguns gritos de incentivo. De repente, o rapaz se endireitou e saiu em desesperada carreira, lívido, tocou o ombro do monstro com um dedo bem esticado e se afastou correndo, enquanto as gargalhadas ressoavam desvairadas, estridentes e exultantes.

A multidão de rapazes o reverenciou no mesmo instante e começou a se aglomerar ao seu redor, a olhar para ele e a admirá-lo. Jimmie ficou desconsolado por um minuto, mas ele e o menino maior, sem um acordo ou uma palavra trocada de qualquer tipo, pareceram reconhecer uma trégua e rapidamente se associaram, passando a desfilar perante os outros.

"Foi moleza", disse o garoto maior, orgulhoso. "Não foi, Jim?"

"Claro", gabou-se Jimmie. "Foi moleza."

Haviam se tornado pessoas de uma outra classe. Se tivessem sido condecorados por bravura em doze campos de batalha, ainda assim não teriam envergonhado mais os outros meninos com a situação.

Ao mesmo tempo, dignaram-se explicar as emoções da jornada, expressando desprezo irrestrito por qualquer um que optasse por refugar o obstáculo. "Não foi nada de mais. Ele não faz nada com a gente", relataram aos outros em tom de certa irritação.

Um dos meninos mais novos do grupo deu sinais de um ávido desejo de se destacar, e todos voltaram a atenção para ele, empurrando-lhe os ombros enquanto ele se afastava, hesitante. Acabou sendo convencido a fazer uma investida furtiva, mas que só durou uns poucos metros. Então parou, imóvel, olhando de boca aberta. As súplicas contundentes de Jimmie e do grandão não exerciam nenhum poder sobre ele.

A sra. Hannigan havia saído para o alpendre atrás da casa com um balde de água. Daquele ponto, tinha uma vista privilegiada da parte mais isolada do terreno dos Trescott, que ficava atrás do estábulo. Avistou o grupo de meninos e o monstro sentado na caixa. Cobriu os olhos com a mão para enxergar melhor. E soltou um grito agudo, como se estivesse sendo assassinada. "Eddie! Eddie! Venha pra casa neste minuto!"

O filho, choramingando, perguntou: "Mas por quê?".

"Venha já pra casa. Está ouvindo?"

Os outros meninos pareciam acreditar que essa aparição celestial, feita a um dos seus, exigia que todos preservassem, por um tempo, o ar indigno de um amontoado de réus, e assim permaneceram em silêncio culpado até que o pequeno Hannigan, protestando furiosamente, foi empurrado porta adentro de sua casa. A sra. Hannigan lançou um olhar penetrante sobre o grupo e fitou com semblante amargo a casa dos Trescott, como se a construção nova e bonita a insultasse. Depois, seguiu o filho.

O grupo sentira o impacto. A incursão de uma das mães fazia-os sempre investigar com atenção o horizonte para ver se havia mais alguma a caminho. "Este quintal é meu", disse Jimmie, orgulhoso. "Não temos que ir pra casa."

O monstro na caixa tinha voltado o semblante de crepe negro em direção ao céu e balançava os braços no ritmo de um cântico religioso. "Olhem para ele agora", exclamou um garotinho. Todos se viraram e ficaram paralisados pela solenidade e pelo mistério daqueles gestos indefiníveis. O lamento da melodia era lúgubre e lento. Afastaram-se. O cântico parecia enfeitiçá-los com a força de um funeral. Estavam tão absortos que não ouviram a charrete do médico chegando ao estábulo. Trescott desceu, amarrou seu cavalo e se aproximou do grupo. Jimmie o viu primeiro e, diante de seu olhar de consternação, os outros se viraram.

"O que fazem aqui, Jimmie?", perguntou Trescott, surpreso.

O rapaz avançou para a frente de seus companheiros, parou e não disse nada. O rosto de Trescott ganhou ares sombrios quando analisou a cena toda.

"O que estavam fazendo, Jimmie?"

"Brincando", respondeu Jimmie, quase rouco.

"Brincando com o quê?"

"Brincando, só isso."

Trescott olhou, austero, para os outros meninos e pediu-lhes que, por favor, fossem para casa. Eles seguiram em direção à rua, à maneira de assassinos frustrados, que haviam sido descobertos. Invadir a propriedade de outro garoto era considerado um crime mesmo que tivessem apenas aceitado o convite cordial do outro menino, e já estavam acostumados a serem expulsos de todo tipo de jardim após o repentino aparecimento de um pai ou de uma mãe. Jimmie assistiu desolado à partida de seus companheiros. O fato implicou a perda de sua posição como alguém que controlava os privilégios da propriedade do pai, mas ele também sabia que não tinha o direito de convidar tantos rapazes.

Uma vez na calçada, no entanto, eles logo esqueceram sua vergonha de transgressores, e o rapaz maior passou a fazer uma descrição de seu sucesso na recente prova de coragem. Enquanto subiam rapidamente a rua, o garotinho que havia feito a tentativa malograda de se aproximar do monstro gritou, confiante, lá de trás: "E eu quase cheguei, não foi, Willie?".

O garoto maior o destruiu com poucas palavras. "Que nada", zombou. "Você só andou um pouquinho. Eu fui até ele."

O ritmo dos outros meninos era tão viril que o menorzinho tinha de trotar. Acabou na retaguarda, enredando-se nas pernas dos outros em suas tentativas de alcançar a linha de frente e ganhar alguma importância, esquivando-se para um lado e para o outro, e sem parar de reivindicar, com voz esganiçada, seu pequeno momento de glória.

XXI

"A propósito, Grace", disse Trescott, olhando, da porta do seu consultório, para a sala de jantar, "mande o Jimmie passar aqui antes de ir para a escola".

Ao chegar, Jimmie se aproximou tão silenciosamente que Trescott não o notou a princípio. "Oh", disse o médico, voltando as costas a uma estante, "aqui está você, jovenzinho".

"Sim, senhor."

Trescott recostou-se na cadeira e dedilhou o tampo da escrivaninha, pensativo. "Jimmie, o que você e os outros meninos estavam fazendo com o Henry no quintal ontem?"

"Nós não estávamos fazendo nada, pai."

Trescott fitou com firmeza os olhos erguidos do filho. "Tem certeza de que não o estavam incomodando mesmo? O que estavam fazendo, exatamente?"

"Bom, nós... nós... o Willie Dalzel falou que eu não tinha coragem de chegar perto dele, e eu cheguei, aí ele foi também, e os outros meninos ficaram com medo, e depois o senhor chegou."

Trescott soltou um gemido gutural. Sua fisionomia ficou tão turva de tristeza que o rapaz, desnorteado por esse mistério, irrompeu de repente num choro sentido. "Pronto, pronto... Não chore, Jim", disse Trescott, contornando a escrivaninha. "Só queria..." E sentou-se em uma grande cadeira de leitura, pondo o menino sobre seus joelhos. "Só queria explicar uma coisa para você."

Depois de Jimmie ter saído para a escola, e quando Trescott estava prestes a começar sua ronda de consultas matinais, chegou uma mensagem do dr. Moser. Dizia que a irmã deste estava morrendo na velha propriedade rural, a 30 quilômetros de distância dali, vale acima, e pedia a Trescott que cuidasse de seus pacientes pelo menos durante aquele dia. O envelope também trazia um breve histórico de cada caso e do que já havia sido feito. Trescott respondeu ao mensageiro que aceitava a combinação, feliz em ajudar.

Reparou que o primeiro nome na lista de Moser era Winter, mas isso não lhe pareceu importante no momento. Na hora marcada, tocou a campainha da casa de Winter. "Bom dia, sra. Winter", cumprimentou alegremente quando a porta se abriu. "O dr. Moser precisou deixar a cidade hoje e me pediu que viesse em seu lugar. Como está a menina hoje?"

A sra. Winter o observava com imensa surpresa. Por fim, disse: "Entre! Vou chamar meu marido". E disparou para dentro da casa. Trescott entrou no vestíbulo e virou para a esquerda, passando à sala de estar.

Logo chegou Winter, arrastando os pés. Seus olhos fuzilaram Trescott. Não mostrou nenhuma vontade de avançar para o centro da sala. "O que você quer?", intimou.

"O que eu quero? O que eu quero?", repetiu Trescott, levantando a cabeça de súbito. Acabava de ouvir um chamado totalmente inédito na noite da selva.

"Sim, isso é o que eu quero saber", retorquiu Winter. "O que você quer?"

Trescott ficou em silêncio por um momento. Consultou a mensagem de Moser. "Vejo que o caso da sua menina é um pouco sério", comentou. "Aconselho que chame um médico em breve. Deixarei uma cópia do relatório do dr. Moser para que o repasse a quem vier a chamar." Fez uma pausa para transcrever o relatório numa página de seu caderno de notas. Arrancando a folha, estendeu-a a Winter enquanto se dirigia para a porta. Winter encolheu-se de encontro à parede. Sua cabeça pendia ao esticar a mão na direção do pedaço de papel. Isso obrigou-o a recobrar o fôlego e Trescott apenas soltou o papel no ar, deixando-o flutuar até os pés do outro homem.

"Passe bem", disse Trescott, do vestíbulo. Essa plácida retirada pareceu despertar uma repentina fúria em Winter. Foi como se tivesse recordado, então, todas as verdades que havia formulado para jogar na cara de Trescott. Então seguiu-o até o vestíbulo e, depois, pelo corredor até a porta, e da porta até o alpendre, ladrando de raiva a uma distância segura. Quando Trescott, inabalável, apontou a cabeça da égua no rumo da estrada, Winter avançou até o alpendre, ainda latindo. Parecia um cãozinho.

XXII

"Ouviram as novidades?", gritou Carrie Dungen, correndo em direção à cozinha de Martha. "Ouviram as novidades?" Seus olhos brilhavam de alegria.

"Não", respondeu a irmã de Martha, Kate, curvando-se ansiosa. "O que foi? O que foi?"

Carrie surgiu, triunfal, na porta aberta. "Aconteceu uma cena terrível entre o dr. Trescott e Jake Winter. Nunca pensei que Jake Winter tivesse coragem, mas hoje de manhã disse ao médico exatamente o que achava dele."

"Bem, e o que é que ele acha dele?", perguntou Martha.

"Ah, disse-lhe poucas e boas. A sra. Howarth ouviu tudo pelas persianas da frente da sala. Foi terrível, diz ela. E agora se espalhou pela cidade. Todo mundo já sabe."

"O doutor não respondeu à altura?"

"Não! A sra. Howarth conta que ele não abriu a boca. Simplesmente caminhou até a charrete, montou e foi-se embora, com toda a calma do mundo. Mas Jake soltou os cachorros nele, parece."

"Mas o que ele disse?", exclamou Kate, estridente e entusiasmada. Degustava as novidades como se estivesse num banquete.

"Bom, disse que a Sadie nunca se recuperou daquela noite em que Henry Johnson a assustou na festa da Theresa Page, e que o considerava responsável, e como é que ele agora se atrevia a cruzar sua soleira, entrar em sua casa e... e... e..."

"E o quê?", insistia Martha.

"Chegou a praguejar?", disse Kate com apavorante satisfação.

"Não muito. Praguejou um pouco, mas não mais do que um homem pragueja quando está furioso de verdade, diz a sra. Howarth."

"O-oh!", suspirou Kate. "E o xingou também?"

Martha, envolvida no trabalho, estivera por um tempo absorta em suas reflexões. Mas agora interrompeu as outras. "Não parece que Sadie Winter esteja doente desde o dia em que Henry Johnson escapuliu. Ela tem ido à escola esses dias todos, não tem?"

As duas uniram forças contra Martha, em imediata indignação. "Escola? Escola? Acho que não. Nem pensar. Escola, ora essa!"

Martha afastou-se da pia e se virou. Segurava uma colher de ferro e dava a impressão de estar a ponto de atacá-las. "Sadie Winter passou por aqui muitas manhãs desde então, carregando o material escolar. Aonde ia? A um casamento?"

As outras, havia muito acostumadas a certa tirania mental, renderam-se rapidamente.

"Passou por aqui, é?", gaguejou Kate. "Não vi." Carrie Dungen fez um gesto débil.

"Se eu fosse o dr. Trescott", exclamou Martha, falando alto, "teria arrancado a cabeça daquele miserável do Jake Winter".

Kate e Carrie, trocando olhares, fizeram uma aliança silenciosa. "Não entendo por que diz isso, Martha", respondeu Carrie em ato de ousadia considerável, arrebanhando apoio e solidariedade do sorriso de Kate. "Não vejo como alguém pode ser culpado por ficar furioso quando sua filhinha quase morre de susto e adoece por causa disso, e tudo o mais. Além disso, todo mundo diz..."

"Oh, não me interessa o que todo mundo diz", rebateu Martha.

"Bem, você não pode ir contra a cidade inteira", respondeu Carrie em súbito e contundente desafio.

"Não, Martha, não pode ir contra a cidade inteira", disse Kate, estridente, seguindo rapidamente sua líder.

"A cidade inteira", gritou Martha. "Gostaria de saber o que chamam de 'a cidade inteira'. Chamam a esse bando de tolos, que têm medo do Henry Johnson, de 'a cidade inteira'?"

"Mas, Martha", disse Carrie, tentando ponderar, "você fala como se não tivesse medo dele!".

"Não tenho mesmo", retorquiu Martha.

"Ah, Martha, ouça o que você mesma está dizendo!", continuou Kate. "Mas que ideia! Todo mundo tem medo dele."

Carrie sorria, irônica. "Nunca o viu, não é verdade?", perguntou, sedutora.

"Não", admitiu Martha.

"Bem, então, como sabe que não teria medo?"

Martha a confrontou: "E você, já o viu alguma vez? Não? Bem, então, como é que você *sabe* que teria medo?".

As forças aliadas irromperam em coro: "Mas, Martha, todo mundo diz. Todo mundo diz".

"Todo mundo diz o quê?"

"Todos os que o viram dizem que quase morreram de medo. Não são só as mulheres, mas também os homens. É horrível."

Martha balançou a cabeça, solene. "Eu tentaria não ter medo dele."

"Mas supondo que não pudesse evitar", disse Kate.

"Isso... e escute esta", gritou Carrie. "Tem outra coisa. Os Hannigan vão se mudar da casa vizinha."

"Por causa dele?", indagou Martha.

Carrie acenou com a cabeça. "Dito pela própria sra. Hannigan."

"E essa ainda!", exclamou Martha. "Vão se mudar, é? Não me diga! E para onde vão se mudar?"

"Para a Orchard Avenue."

"Verdade? Casa boa?"

"Isso eu já não sei. Não ouvi nada. Mas há muitas casas boas na Orchard."

"Sim, mas estão todas ocupadas", disse Kate. "Não há sequer uma casa vaga na Orchard Avenue."

"Há, sim", disse Martha. "A velha casa dos Hampstead está vaga."

"Oh, é claro", disse Kate. "Mas não acredito que a sra. Hannigan gostaria do lugar. Pra onde será que poderão se mudar..."

"Lá sei eu", suspirou Martha. "Deve ser para algum lugar que não conhecemos."

"Bem", disse Carrie Dungen, após um silêncio de reflexão geral, "é fácil descobrir".

"Quem por aqui saberia dizer?", perguntou Kate.

"Ora, a sra. Smith, e lá está ela, no jardim", disse Carrie, levantando-se num salto. Depois de Carrie ter disparado porta afora, Kate e Martha foram até a janela. A voz de Carrie ecoou, vinda dos degraus. "Sra. Smith! Sra. Smith! Sabe para onde os Hannigan vão se mudar?"

XXIII

O outono castigava as folhas, e as árvores de Whilomville passaram a exibir um manto em tons carmim e amarelos. Os ventos ganhavam intensidade e, em meio à melancolia púrpura das noites, o brilho quente de uma janela acesa se tornava algo ainda mais atraente. Os meninos, observando as folhas murchas e tristes flutuarem para longe dos carvalhos, sonhavam com o tempo que se aproximava, quando poderiam amontoar a folhagem nas ruas e queimá-la nas noites difíceis.

Três homens desciam a Niagara Avenue. Ao se aproximarem da casa do juiz Hagenthorpe, este desceu a rua para encontrá-los, como se já os estivesse esperando.

"Está pronto, juiz?", perguntou um deles.

"Tudo pronto", respondeu.

Os quatro, então, caminharam até a casa de Trescott. Ele os recebeu em seu escritório, onde estivera lendo. Pareceu surpreso com a visita de quatro cidadãos muito ativos e influentes, mas não fez comentários sobre isso.

Depois que todos se sentaram, Trescott analisou, curioso, cada um dos rostos. Fez-se um breve silêncio, que foi quebrado por John Twelve, o atacadista, que acumulava fortuna de 400 mil dólares, mas que, diziam, na verdade ultrapassava 1 milhão.

"Bem, doutor", disse ele com um curto sorriso, "suponho que já podemos, de início, admitir que viemos interferir em algo que não é da nossa conta".

"De que se trata?", indagou Trescott, olhando novamente de um rosto para outro. Dirigia atenção especial ao juiz Hagenthorpe, mas o velho tinha baixado a cabeça e apoiado o queixo na bengala, pensativo, sem fazer menção de retribuir o olhar.

"Trata-se daquele assunto de que ninguém quer falar", disse Twelve. "Trata-se de Henry Johnson."

Trescott se endireitou na cadeira. "Sim?", prosseguiu. Tendo se livrado da introdução ao assunto, Twelve parecia estar mais à vontade. "Sim", respondeu, afável, "é sobre isso que gostaríamos de conversar".

"Sim?", repetiu Trescott.

Twelve atacou sem rodeios o ponto principal. "Veja, Trescott, gostamos de você e viemos falar com franqueza sobre esse assunto. Pode não ser da nossa conta e, quanto a mim, pessoalmente não me importo que me diga isso; mas não posso ficar calado e observá-lo se arruinando. E é assim que nos sentimos."

"Mas não estou me arruinando", respondeu Trescott.

"Não, talvez não esteja exatamente se arruinando", disse Twelve devagar, "mas está fazendo muito mal a si mesmo. Passou de principal médico da cidade para último da lista. Claro que isso acontece, basicamente, porque existe por aí um grande número de pessoas que não passam de idiotas e ignorantes, mas isso não muda a situação".

Um homem, que até ali não falara, anunciou solenemente: "São as mulheres".

"Bem, o que quero dizer é o seguinte", continuou Twelve. "Mesmo que haja muitos idiotas no mundo, não vemos motivo para que se arruíne, opondo-se a eles. Não pode ensinar-lhes nada, Trescott, sabe disso."

"Não estou tentando ensinar-lhes nada." Trescott sorriu, cansado. "É uma questão de... bem..."

"E muitos de nós o admiramos imensamente por isso", interrompeu Twelve, "mas isso não vai mudar a mente tacanha dessa gente".

"São as mulheres", afirmou mais uma vez o defensor desse ponto de vista.

"Bem, o que quero dizer", seguiu Twelve. "Queremos que se livre desse estorvo e retome seu antigo posto. Você está simplesmente destruindo sua carreira médica por causa dessa teimosia infernal. Claro que se trata de um caso fora do comum, mas deve haver maneiras de... de... reverter o jogo de alguma forma, entende? Por isso, conversamos aqui, no nosso grupo, uns dez de nós, e... como falei, se quiser dizer para nos metermos com nossa vida, ora, vá em frente; mas já falamos sobre isso e chegamos à conclusão de que a única saída é arrumar um lugar para o Johnson longe daqui e..."

Trescott fez um gesto de enfado. "Você não faz ideia, meu amigo. As pessoas têm tanto medo que nem sequer conseguem dar-lhe bons cuidados. Ninguém pode cuidar dele como eu."

"Mas tenho uma pequena propriedade que não vale nada, do outro lado da Clarence Mountain, que eu pretendia dar ao Henry", anunciou Twelve, magoado. "E se você... e se você... se você... pelo fato de sua casa ter se incendiado, ou seja lá por qual motivo... bem, os rapazes estariam prontos para poupá-lo da presença dele e..."

Trescott se levantou e foi para a janela. Virou-lhes as costas. Eles esperaram em silêncio. Quando voltou, manteve o rosto na sombra. "Não, John Twelve", disse, "nada feito". Fez-se mais silêncio. De repente, um homem se agitou na cadeira.

"Bem, então uma instituição pública de caridade", sugeriu.

"Não", rebateu Trescott, "as instituições públicas são todas muito boas, mas ele não vai para uma".

Em segundo plano ao longo da discussão do grupo, o velho juiz Hagenthorpe acariciava, pensativo, o castão de marfim polido de sua bengala.

XXIV

Trescott bateu os pés com força no chão, para se livrar da neve que os cobria, e tirou os flocos dos ombros com as mãos. Ao entrar na casa, foi direto para a sala de jantar, e depois para a de estar. Jimmie lá estava, lendo disciplinadamente um livro enorme sobre girafas, tigres e crocodilos.

"Onde está sua mãe, Jimmie?", perguntou Trescott.

"Não sei, pai", respondeu o menino. "Acho que está lá em cima."

Trescott foi ao pé das escadas e a chamou, mas não obteve resposta. Notando que a porta da pequena sala de visitas estava aberta, entrou. O quarto era banhado pela meia-luz que vinha das quatro chapas de mica já gastas, dispostas à frente da lareira. Quando seus olhos se acostumaram às sombras, viu a esposa encolhida numa poltrona. Foi até ela. "Olá, Grace", disse, "não me ouviu chamá-la?".

Ela não respondeu, e, quando ele se debruçou sobre a poltrona, ouviu-a tentando sufocar um soluço na almofada.

"Grace!", exclamou. "Você está chorando!"

Ela ergueu o rosto. "Estou com dor de cabeça, uma dor de cabeça horrível, Ned."

"Dor de cabeça?", repetiu ele, surpreso e incrédulo.

Puxou uma cadeira para junto dela. Pouco depois, ao olhar para a região da sala iluminada pelas pálidas chapas avermelhadas, reparou que uma mesa baixa havia sido arrastada para perto da lareira, e que estava repleta de pequenas xícaras e pratos com bolo para comer com chá, tudo intocado. Então lembrou que era quarta-feira, e que sua esposa recebia as amigas às quartas-feiras.

"Quem esteve aqui hoje, Gracie?", perguntou.

De seu ombro, veio um murmúrio: "A sra. Twelve".

"É mesmo...?", disse ele. "E por que a Anna Hagenthorpe não veio?"

O murmúrio vindo do ombro continuou: "Não estava se sentindo bem".

Baixando o olhar na direção das xícaras, Trescott as contou mecanicamente. Eram quinze.

"Pronto, pronto...", disse ele. "Não chore, Grace. Não chore."

O vento uivava ao redor da casa e a neve polvilhava obliquamente as janelas. Por vezes, o carvão na lareira se reacomodava, emulando o som de um desmoronamento, e as quatro chapas de mica cintilavam um súbito, inesperado tom de carmim. Sentado, apoiando a cabeça da mulher no ombro, Trescott se pegava tentando contar as xícaras. Eram quinze.

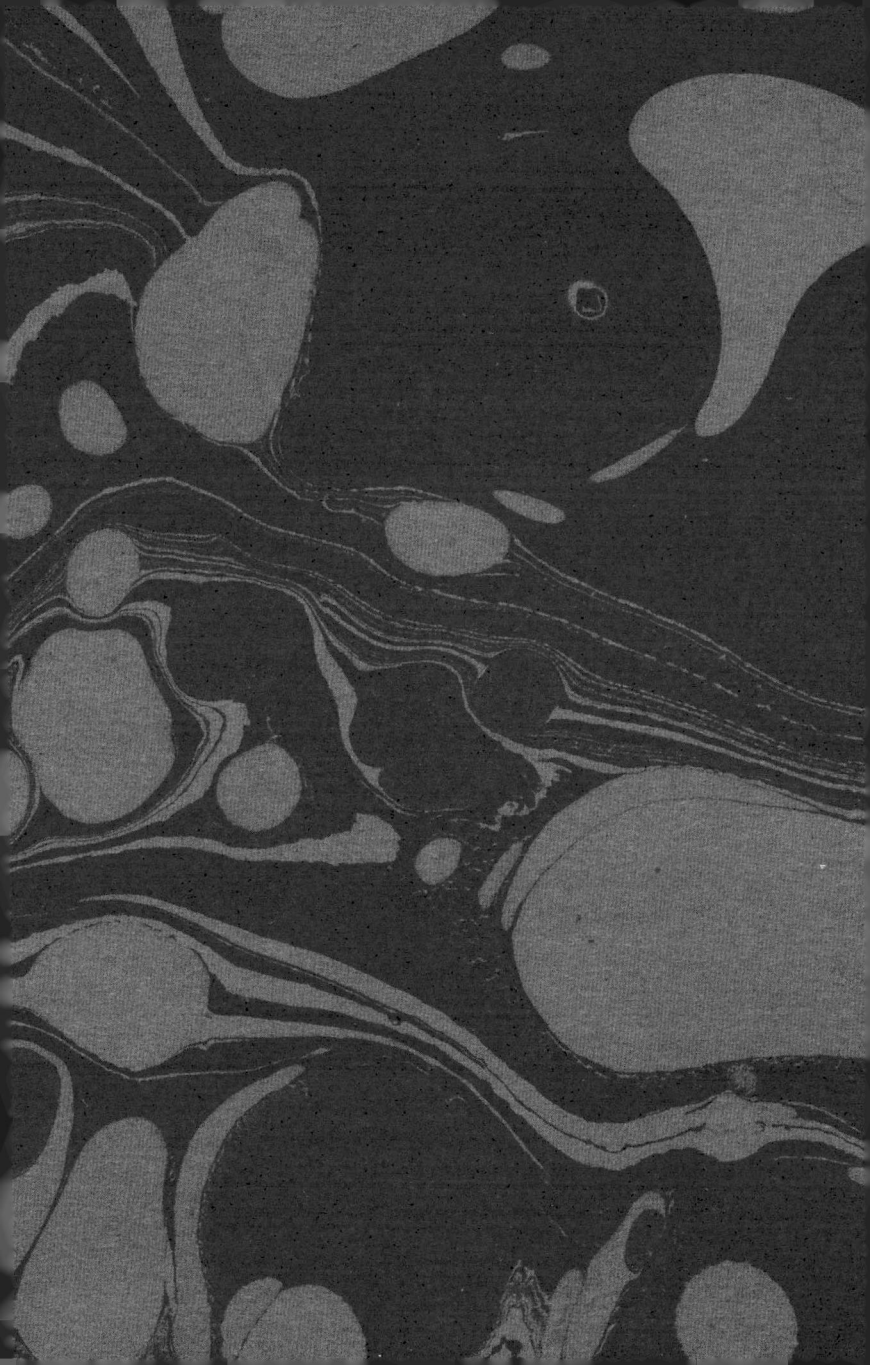

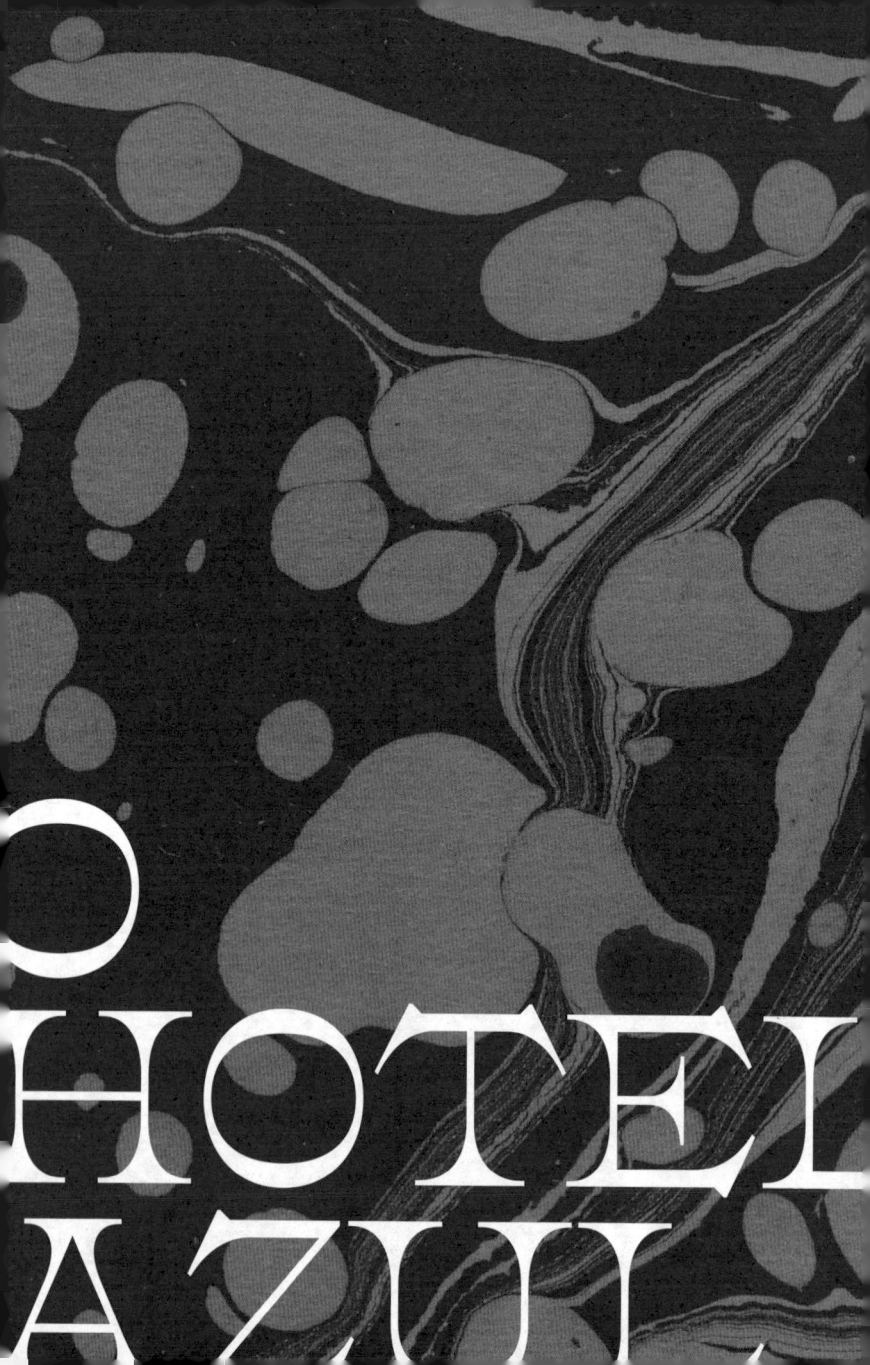

I

O Palace Hotel, em Fort Romper, era pintado de azul-
-claro, num tom semelhante ao das patas de uma espécie de garça, obrigando a ave a trair sua posição
contra qualquer pano de fundo. Assim, era como se o
Palace Hotel estivesse sempre anunciando os matizes
de sua fachada aos berros, a ponto de reduzir a deslumbrante paisagem invernal do Nebraska a um silêncio
pantanoso e cinza. Erguia-se, solitário, na pradaria, e,
quando a neve caía, a cidade a 200 metros de distância
não era visível. Mas, depois de saltar na estação ferroviária, o viajante era forçado a passar pelo Palace Hotel
antes de dar de cara com as casinhas baixas, feitas de
ripas de madeira, que compunham Fort Romper, e era
inconcebível que alguém passando pelo Palace Hotel
não o olhasse. Pat Scully, o proprietário, revelara-se um
mestre da estratégia quando escolheu as cores. É verdade que em dias claros, quando os grandes expressos

transcontinentais, aquelas longas filas de trens Pullman, passavam chacoalhando e em alta velocidade por Fort Romper, os passageiros se assombravam com a visão, e os conhecedores dos vermelhos-acastanhados e das subdivisões dos verdes-escuros, comuns na Costa Leste, gargalhavam com um misto de constrangimento, piedade e horror. Mas, para os moradores da cidadezinha, e para as pessoas que naturalmente paravam ali, Pat Scully realizara uma proeza. Com essa opulência e esplendor, as crenças, classes e egos que fluíam sobre os trilhos pela localidade de Romper, dia após dia, não tinham cor em comum.

Como se as delícias prometidas por um hotel tão azul não fossem suficientemente sedutoras, Scully ainda tinha por hábito ir todas as manhãs e noites receber os trens que paravam, sem pressa, em Romper, para testar seus encantos com qualquer passageiro que se mostrasse hesitante – e que, além disso, carregasse uma mala de viagem.

Certo dia, quando a locomotiva incrustada de neve encostou na estação arrastando uma enorme fila de vagões de carga, além de um único carro de passageiros, Scully realizou o feito de angariar três homens. Um deles era um sueco trêmulo e de olhos rápidos, com uma valise grande, reluzente e barata; outro era um vaqueiro alto e bronzeado que estava a caminho de um rancho na divisa com Dakota; e o terceiro era um homem pequeno e reservado, vindo do Leste, que não aparentava sê-lo e tampouco o anunciava. Scully praticamente os fez prisioneiros. Era tão ágil, jovial e simpático que os homens devem ter achado que seria o cúmulo da grosseria tentar se esquivar da abordagem. Seguiram, arrastando-se pelo piso de tábuas rangentes, a reboque daquele pequenino e inquieto irlandês. Scully usava um grosso gorro de pele enfiado bem justo na cabeça. Com isso, suas orelhas espetavam para fora, duras, como se feitas de lata.

Por fim, solícito e com eloquente hospitalidade, Scully conduziu-os através dos portais do hotel azul. O recinto que adentraram era pequeno. Parecia ser apenas um templo erguido ao redor de uma enorme lareira do tipo salamandra, que, em posição central, sibilava com violência divina. Em vários pontos de sua superfície, o ferro tornara-se fúlgido, e a incandescência emprestava-lhe tons amarelos. Ao lado da salamandra, o filho de Scully, Johnnie, jogava *high-five* com um velho fazendeiro que tinha suíças ao mesmo tempo grisalhas e ruivas. Os dois discutiam. O fazendeiro virava o rosto com frequência para uma caixa de serragem, já amarronzada por causa do suco de tabaco, que ficava atrás da salamandra, e cuspia com um ar de grande impaciência e irritação. Falando alto e despejando um discurso, digamos, bastante florido, Scully pôs fim de vez ao jogo de cartas e despachou o filho lá para cima, junto com a bagagem dos novos hóspedes. Ele mesmo os conduziu a três bacias com a água mais fria do mundo. No contato com o líquido, o vaqueiro e o homem do Leste ganharam um lustro vermelho flamejante, a ponto de parecerem banhados por um polidor de metais. O sueco, no entanto, mergulhou apenas os dedos, cauteloso e apreensivo. Foi notável como, ao longo dessa série de singelas cerimônias, os três viajantes tiveram a impressão de que Scully era muito benevolente. Concedia-lhes grandes favores. Passou a toalha de um para o outro com um ar de ímpeto filantrópico.

A seguir, caminharam até aquela primeira sala e, sentados ao redor da salamandra, escutaram o clamor algo formal que Scully dirigia às filhas, que preparavam a refeição do meio-dia. Refletiram silenciosos, como homens experimentados que se movem com cuidado quando em meio a desconhecidos.

Ainda assim, o velho fazendeiro, imóvel, invencível em sua cadeira junto à parte mais quente da lareira, virava o rosto com frequência da caixa de serragem e disparava inspirados chavões para os estranhos. Na maior parte das vezes, recebia como resposta frases curtas, mas adequadas, do vaqueiro ou do homem do Leste. O sueco nada dizia. Parecia ocupado em fazer avaliações furtivas de cada um dos presentes. Seria possível até imaginar que guardava aquele sentimento de desconfiança infundada que acompanha a culpa. Passava a impressão de estar muito assustado.

Mais tarde, no jantar, falou um pouco, dirigindo-se apenas a Scully. Revelou que viera de Nova York, onde, durante dez anos, trabalhara como alfaiate. Esses fatos soaram fascinantes para Scully, que, em seguida, revelou que vivia em Romper havia catorze anos. O sueco perguntou sobre as colheitas e o preço da mão de obra. Mal parecia dar ouvidos às longas respostas de Scully. Seus olhos continuavam a se mover de homem para homem.

Por fim, com uma risada e uma piscadela, disse que algumas dessas comunidades mais a oeste eram muito perigosas; e, depois dessa afirmação, esticou as pernas debaixo da mesa, ergueu a cabeça e riu de novo, alto. Era evidente que a manifestação não fez sentido nenhum para os outros. Olharam para o sueco, desconfiados e em silêncio.

Quando os homens voltaram, letárgicos e em bando, para a sala da frente, as duas janelinhas exibiam as vistas de um agitado mar de neve. Os enormes tentáculos do vento empreendiam tentativas – poderosas, circulares e fúteis – de abraçar os flocos que caíam, velozes. Um poste, feito um homem imóvel e de rosto empalidecido, erguia-se horrorizado em meio à fúria pródiga. Em tom cordial, Scully anunciou a chegada de uma nevasca. Os hóspedes do hotel azul, acendendo os cachimbos, assentiram com resmungos de preguiçoso contentamento masculino. Nenhuma ilha do oceano poderia se encontrar mais inatingível do que essa pequena sala, com sua sibilante salamandra. Johnnie, o filho de Scully, num tom que definia a opinião que guardava sobre as próprias habilidades como jogador de cartas, desafiou o velho fazendeiro, de suíças a um tempo grisalhas e ruivas, para um jogo de *high-five*. O fazendeiro concordou, emburrado, com um gesto de desdém. Sentaram-se junto à lareira e acomodaram os joelhos sob uma tábua larga. O vaqueiro e o homem do Leste assistiam ao jogo com interesse. O sueco permaneceu perto da janela, absorto, mas com um semblante que traía sinais de uma inexplicável empolgação.

O jogo entre Johnnie e o barba grisalha foi subitamente encerrado por outra briga. O velho se levantou, lançando um olhar de inflamado desprezo sobre seu adversário. Abotoou o casaco bem devagar e, a seguir, saiu majestosamente da sala, exibindo sua fabulosa dignidade. Em meio ao silêncio discreto dos outros homens, o sueco riu. E seu riso soou de certa forma infantil. Os homens já tinham começado a olhá-lo de lado, como se quisessem perguntar o que o afligia.

Um novo jogo foi organizado, por diversão. O vaqueiro se prontificou a ser o parceiro de Johnnie, e então todos se voltaram ao sueco para pedir-lhe que pingasse sua contribuição juntamente com o pequeno homem do Leste. O sueco fez algumas perguntas sobre as regras e, ao descobrir que aquele jogo tinha muitos outros nomes, e que ele mesmo já o jogara, mas usando uma alcunha, aceitou o convite. Aproximou-se dos outros homens, nervoso, como se esperasse ser agredido. Por fim, já sentado, correu os olhos de rosto a rosto e riu desbragadamente. Foi um riso tão esquisito que o homem do Leste ergueu o olhar, assustado, o vaqueiro permaneceu atento e de boca aberta, e Johnnie se deteve, segurando as cartas com os dedos imóveis.

Depois disso, houve um breve silêncio. Então, Johnnie disse: "Bom, vamos ao jogo. Vamos começar". Empurraram as cadeiras para a frente até que os joelhos se agrupassem sob a tábua. Começaram a jogar, e o interesse pelo jogo fez com que esquecessem as atitudes do sueco.

O vaqueiro era daqueles que gostam de esmurrar sonoramente a mesa de jogo. Sempre que tinha cartas boas, batia, uma a uma e com muita força, sobre a mesa improvisada, e recolhia os ganhos da rodada com o peito inflado por valentia e imodéstia, causando arrepios de indignação nos oponentes. Um jogo com alguém que gosta de esmurrar sonoramente a mesa com certeza acabará tenso. O semblante do homem do Leste e o do sueco revelavam grande desolação sempre que o vaqueiro despejava com violência seus ases e reis sobre a mesa, enquanto Johnnie, com os olhos reluzentes de alegria, ria sem parar.

Totalmente absortos no jogo, nenhum deles reparou nos modos estranhos do sueco. Só prestavam atenção na partida. Até que, durante uma pausa entre rodadas, o sueco se dirigiu, de repente, a Johnnie: "Suponho que muitos homens já foram mortos nesta sala". O queixo dos outros caiu na hora, e todos o fitaram.

"De que diabos está falando?", disse Johnnie.

O sueco riu de novo, um riso espalhafatoso, cheio de uma espécie de falsa coragem e provocação. "Ah, você sabe muito bem o que quero dizer", respondeu.

"Mas não sei mesmo!", protestou Johnnie. Interrompeu-se o jogo e os homens cravaram os olhos no sueco. Johnnie evidentemente sentiu que, como filho do proprietário, cabia-lhe uma interrogação direta. "Aonde quer chegar com essa história?", indagou. O sueco piscou para ele. Um piscar de olhos cheio de astúcia. Seus dedos tamborilavam a borda da tábua. "Talvez ache que não conheço nada, talvez ache que sou novato nestas bandas?"

"Não sei nada sobre o senhor", respondeu Johnnie, "e não me interessa o que conhece ou deixa de conhecer. Só digo que não sei aonde quer chegar com essa história. Nunca ninguém foi morto nesta sala".

O vaqueiro, que estivera o tempo todo olhando para o sueco, falou, então. "Qual é o seu problema, prezado?"

O sueco sentiu-se ostensivamente ameaçado. Ficou arrepiado e pálido nos cantos da boca. Lançou um olhar suplicante para o pequeno homem do Leste. Nesses momentos, não se esquecia de sacar sua grande valentia ébria. "Afirmam que não sabem o que quero dizer", comentou, em tom de troça, para o homem do Leste.

Este último respondeu, após prolongada e cautelosa reflexão. "Não o entendo", disse, impassível.

O sueco fez, então, um movimento que denunciava sua constatação de ter encontrado deslealdade no único lugar de onde esperava solidariedade, quando não ajuda. "Ah, vejo que estão todos contra mim. Entendi."

O vaqueiro estava num estado de profunda estupefação. "Diga aí", berrou, enquanto atirava com violência o baralho na mesa. "Diga aí, aonde é que quer chegar?"

O sueco ergueu-se num pulo, com a celeridade de um homem fugindo de uma cobra. "Não quero brigar", gritou. "Não quero brigar!"

O vaqueiro esticou suas longas pernas de forma indolente e deliberada. Tinha as mãos nos bolsos. Cuspiu na caixa de serragem. "Bem, e quem aqui disse que você queria?", perguntou.

O sueco recuou rapidamente para um canto da sala. Levava as mãos diante do peito, para se proteger, e empreendia enorme esforço para controlar o pavor. "Cavalheiros", disse, nervoso. "Suponho que serei morto antes de conseguir deixar esta casa! Suponho que serei morto antes de conseguir deixar esta casa!" Tinha o olhar de um cisne moribundo. Pelas janelas, podia-se ver a neve tornando-se azul à sombra do crepúsculo. O vento castigava a casa e alguma coisa solta batia sem parar nas ripas, como um espírito insistente.

Uma porta se abriu, e Scully entrou. Fez uma pausa, surpreso, ao notar a atitude dramática do sueco. Então, disse: "O que está acontecendo aqui?".

O sueco respondeu pronta e ansiosamente: "Esses homens vão me matar".

"Matar você?", exclamou Scully. "Matar você? Mas o que está me dizendo?" O sueco fez o gesto de um mártir.

Scully voltou-se, sério, para o filho. "O que está acontecendo aqui, Johnnie?"

O rapaz estava chateado. "E lá sei eu!", retrucou. "Não tenho ideia do que está acontecendo." E passou a embaralhar as cartas, juntando-as num estalo raivoso.

"Ele falou que muitos homens foram mortos nesta sala, ou coisa que o valha. E disse que também vai ser morto aqui. Sei lá qual é o problema dele. É louco, nem vou me preocupar com isso."

Scully, então, recorreu ao vaqueiro, em busca de alguma explicação, mas o vaqueiro só deu de ombros.

"Matar você?", repetiu Scully. "Meu amigo, você perdeu um parafuso."

"Ah, mas eu sei", irrompeu o sueco. "Sei bem o que vai acontecer. Sim, estou louco. Claro, estou louco. Mas de uma coisa eu sei." O suor escorria-lhe pelo rosto, traduzindo angústia e temor. "Sei que não sairei daqui vivo."

O vaqueiro respirou fundo, como se seu cérebro enfrentasse os últimos estágios de dissolução. "Não entendo mais nada", sussurrou para si mesmo.

Scully virou-se de repente e encarou o filho. "Você estorvou esse homem!"

A voz de Johnnie soou alta, sob o fardo da injustiça. "Minha nossa, mas eu não fiz nada pra ele!"

O sueco interrompeu. "Cavalheiros, não se incomodem. Deixarei esta casa. Irei embora porque..." Acusava-os dramaticamente com o olhar. "Porque não quero ser morto."

Scully estava furioso com o filho. "Pode me dizer qual é o problema aqui, seu pequeno demônio? Qual é o problema, afinal? Fale logo!"

"A culpa é minha?", gritou Johnnie, desesperado. "Já falei que não sei de nada! Ele diz que queremos matá-lo, é tudo o que sei. Não tenho ideia do que o aflige."

O sueco continuou a repetir: "Não se incomode, sr. Scully, não se incomode. Deixarei esta casa. Irei embora porque não quero ser morto. Sim, claro, estou louco. Mas de uma coisa eu sei! Vou embora. Deixarei esta casa. Não se incomode, sr. Scully, não se incomode. Vou embora".

"Não, não irá embora", disse Scully. "Não irá embora até que eu descubra o motivo dessa arenga toda. Se alguém o incomodou, vai se ver comigo. Esta é a minha casa. Você está sob o meu teto, e não permitirei que um homem de paz seja perturbado aqui." Lançou um olhar assustador para Johnnie, o vaqueiro e o homem do Leste.

"Não se incomode, sr. Scully, não se incomode. Vou embora. Não quero ser morto." O sueco se movimentou em direção à porta que dava para a escadaria. Era nítida sua intenção de sair imediatamente em busca de sua bagagem.

"Não, não", gritou Scully, peremptório; mas o homem de tez lívida esquivou-se e desapareceu. "E agora", indagou Scully, ríspido, "o que aconteceu aqui?".

Johnnie e o vaqueiro exclamaram juntos: "Ora, não fizemos nada!".

Scully fitou-os com frieza. "Não?", disse. "Não fizeram nada?"

Johnnie fez um juramento sentido. "Ora, o sujeito é o maior maluco que eu já vi. Não fizemos nada. Estávamos aqui sentados, jogando cartas, e ele..."

O pai se voltou de repente para o homem do Leste. "Sr. Blanc", inquiriu, "o que esses rapazes aprontaram?".

O homem do Leste refletiu um pouco. "Não vi nada de errado", respondeu, por fim, lentamente.

Scully começou a berrar. "Mas o que aconteceu aqui?" Olhou ferozmente para o filho. "Minha vontade é arrancar seu couro por causa disso, menino."

Johnnie estava agitado. "Mas o que foi que eu fiz?", perguntou, aos gritos, ao pai.

III

"Acho que estão é com a língua presa", disse Scully por fim ao filho, ao vaqueiro e ao homem do Leste e, depois dessa afirmação desdenhosa, saiu da sala.

No andar de cima, o sueco se apressava em apertar as correias de sua grande mala. Quando tinha as costas meio voltadas para a porta, ouviu um barulho vindo dali, então voltou-se, deu um salto e gritou. A fisionomia enrugada de Scully se mostrava sinistra à luz do pequeno lampião que carregava. A resplandecência amarela que fluía do candeeiro, de baixo para cima, coloria apenas suas características faciais mais proeminentes, deixando os olhos, por exemplo, sob uma misteriosa sombra. Parecia um assassino. "Meu caro! Meu caro!", exclamou, "você enlouqueceu?".

"Oh, não! Oh, não!", replicou o outro. "Há pessoas neste mundo que sabem das coisas quase tanto quanto você... compreende?"

Por um momento, olharam-se fixamente. As maçãs do rosto do sueco, que estampava uma palidez tétrica, exibiam duas pintas de um vermelho brilhante, nitidamente delineadas, como se tivessem sido pintadas com apuro. Scully colocou o candeeiro sobre a mesa e sentou-se na beirada da cama. Tentou ponderar. "Por Deus! Nunca ouvi falar de tal coisa em toda a minha vida. Que trapalhada. Não consigo, por mais que eu tente, imaginar como conseguiu meter essa ideia na cabeça." A seguir, ergueu os olhos e perguntou: "Achou mesmo que iriam matar você?".

O sueco perscrutou o velho como se quisesse ler seus pensamentos. "Achei", respondeu, por fim. Suspeitou, obviamente, que essa resposta poderia desencadear um surto. Ao puxar e travar uma das correias da mala, seu braço inteiro tremeu, o cotovelo tremulando, solto como uma folha de papel.

Scully golpeou com força a tábua aos pés da cama.

"Ora, meu caro. Vamos ter uma linha de bondes elétricos aqui na cidade assim que a primavera chegar."

"Uma linha de bondes elétricos", repetiu o sueco estupidamente.

"E", prosseguiu Scully, "vão construir uma nova estrada de ferro de Broken Arm até aqui. Isso sem contar as quatro igrejas e o prédio para a nova escola, todo de tijolos. E ainda tem a fábrica. Em dois anos, Romper será uma me-tró-po-le".

Tendo terminado de arrumar a bagagem, o sueco se endireitou. "Sr. Scully", disse com inesperada firmeza, "quanto lhe devo?".

"Não me deve nada", disse o velho, irritado.

"Devo, sim", rebateu o sueco. Tirou 75 centavos do bolso e os ofereceu a Scully, que recusou, agitando a mão com desdém. No entanto, aconteceu que ambos ficaram olhando, de maneira estranha, para as três moedas de prata na palma da mão do sueco.

"Não vou aceitar seu dinheiro", disse Scully, por fim. "Não depois do que aconteceu aqui." Então, um plano pareceu ocorrer-lhe. "Por aqui", exclamou, pegando o candeeiro e indo em direção à porta. "Por aqui! Venha comigo um instante."

"Não", disse o sueco, bastante preocupado.

"Venha", exortou o velho. "Vamos lá! Quero que venha ver uma fotografia no meu quarto, no fim do corredor."

O sueco deve ter concluído que sua hora chegara. Seu queixo caiu e seus dentes se escancararam como os de um homem morto. Acabou seguindo Scully pelo corredor, mas caminhava como se tivesse os pés acorrentados.

Scully iluminou com o candeeiro o alto da parede do quarto. Revelou-se uma fotografia ridícula de uma garotinha. Apoiava-se numa balaustrada de ornamentação deslumbrante, e a formidável franja de seu cabelo era o que mais se destacava. A figura tinha a graça de um bastão de esqui e, para completar, exibia uma tonalidade cor de chumbo. "Veja", disse Scully com ternura. "É a foto da minha filhinha que morreu. O nome dela era Carrie. Tinha o cabelo mais bonito do mundo! Eu gostava muito dela, ela..."

Ao se virar, notou que o sueco não prestava atenção no retrato; em vez disso, vigiava, atento, a escuridão da retaguarda.

"Escute, meu amigo!", gritou Scully, determinado. "É o retrato da minha garotinha que morreu. O nome dela era Carrie. E esta é a fotografia do meu filho mais velho, Michael. É advogado em Lincoln e está se saindo muito bem. Dei a esse menino uma educação de primeira, e hoje fico feliz por isso. É um bom rapaz. Olhe só pra ele agora. Confiante que só ele, lá em Lincoln, um cavalheiro honrado e respeitado. Um cavalheiro honrado e respeitado", concluiu Scully, orgulhoso. E, ao dizer isso, deu um tapinha jovial nas costas do sueco.

O sueco ameaçou um sorriso.

"Agora", disse o velho, "só mais uma coisa". Abaixou--se, de súbito, até o chão e enfiou a cabeça embaixo da cama. O sueco podia ouvir sua voz abafada. "Eu guardaria embaixo do travesseiro se não fosse pelo Johnnie. E tem também a velhota... Onde foi que enfiei dessa vez? Nunca guardo no mesmo lugar. Ah, vamos lá, saia já daí!"

Logo depois, recuou desajeitadamente, saindo de debaixo da cama e arrastando consigo um casaco velho enrolado como uma trouxa. "Achei!", murmurou. Ajoelhado no chão, desenrolou o casaco e extraiu ali do meio uma grande garrafa de uísque marrom-amarelada.

Sua primeira manobra foi levantar a garrafa à luz. Tranquilizado, aparentemente, pelo fato de ninguém ter mexido ali, ofereceu-a com um movimento generoso ao sueco.

O vacilante sueco esteve prestes a agarrar com avidez essa fonte de coragem, mas, bruscamente, afastou a mão e lançou um olhar de horror a Scully.

"Beba", disse o velho carinhosamente. Ele havia se levantado e agora estava de frente para o sueco.

Fez-se um silêncio. Então, Scully disse mais uma vez: "Beba!".

O sueco riu desvairadamente. Agarrou a garrafa, levou-a à boca e, enquanto seus lábios se enroscavam, desajeitados, ao redor do gargalo e sua garganta mostrava serviço, manteve o olhar, ardente de ódio, no rosto do velho.

IV

Após a saída de Scully, os três homens, com a tábua ainda sobre os joelhos, conservaram por um longo tempo um silêncio espantoso. Então, Johnnie disse: "É o sueco mais esquisito que eu já vi". "Não é sueco coisa nenhuma", disse o vaqueiro, condescendente.

"Bem, o que ele é, então?", gritou Johnnie. "O que ele é, então?"

"Na minha opinião", retrucou o vaqueiro devagar, "é uma espécie de holandês". Era um venerável costume do país classificar de suecos todos os homens de cabelos claros que falavam com sotaque pesado. Assim, a ideia do vaqueiro não foi desprovida de audácia. "Sim, senhor", repetiu. "Na minha opinião, esse sujeito é uma espécie de holandês."

"Bom, mas ele se diz sueco", murmurou Johnnie, amuado. Voltou-se para o homem do Leste: "O que acha, sr. Blanc?".

"Oh, eu não sei", respondeu o homem do Leste.

"Bem, e por que acha que ele se comporta daquele jeito?", perguntou o vaqueiro.

"Ora, porque está assustado!" O homem do Leste bateu o cachimbo na borda da lareira. "Está nitidamente morrendo de medo."

"De quê?", exclamaram Johnnie e o vaqueiro, juntos.

O homem do Leste refletiu sobre a resposta.

"Medo de quê?", insistiram os outros.

"Não sei... mas me parece que esse homem tem lido muitos romances baratos e acha que caiu bem no meio de um deles, com tiros, facadas e o diabo."

"Mas", disse o vaqueiro, escandalizado, "isto aqui não é o Wyoming nem aqueles outros lugares. Isto aqui é Nebraska!".

"Sim", acrescentou Johnnie, "e por que ele não espera até ver como são as coisas *lá no Oeste*?". O homem do Leste, mais viajado, riu. "Não é diferente lá, ao menos hoje em dia. Mas ele acredita estar mesmo bem no meio do inferno." Johnnie e o vaqueiro refletiram longamente sobre o comentário.

"É muito engraçado", completou Johnnie.

"Sim", disse o vaqueiro. "Situação esquisita. Espero não ficar preso aqui por causa da neve; teríamos que aguentar esse sujeito com a gente o tempo todo. Não seria nada bom."

"Quem me dera o pai expulsasse ele daqui", disse Johnnie.

Dali a pouco, ouviram o som de pés batendo com força no alto da escada, acompanhado de ruidosas piadas na voz do velho Scully, e risos, claramente vindos do sueco. Os homens ao redor da lareira trocaram olhares incertos. "Meu Deus", disse o vaqueiro. A porta se escancarou e o velho Scully, corado e festivo, entrou na sala. Tagarelava com o sueco, que o seguia, rindo e mostrando coragem. Era a entrada de dois bufões saídos de um salão de banquetes.

"Vamos lá, pessoal", disse Scully, incisivo, aos três homens sentados, "abram um espaço pra nós aí perto da lareira". O vaqueiro e o homem do Leste afastaram obedientemente as cadeiras para dar lugar aos recém-chegados. Johnnie, porém, apenas se acomodou numa posição ainda mais indolente e depois permaneceu imóvel.

"Anda, chega pra lá!", disse Scully.

"Tem bastante espaço do outro lado da lareira", disse Johnnie.

"Acha que queremos sentar na corrente de ar?", esbravejou o pai.

Nesse instante, o sueco se interpôs, pleno de confiança. "Não, não. Deixe o menino sentar onde quiser", exclamou, fanfarrão, para o pai.

"Está bem! Está bem!", disse Scully com deferência. O vaqueiro e o homem do Leste trocaram olhares surpresos.

As cinco cadeiras foram arranjadas em semicírculo em torno de um dos lados da lareira. O sueco começou a falar; e falava de forma arrogante, chula, irada. Johnnie, o vaqueiro e o homem do Leste mantiveram-se em silêncio, de cara fechada, enquanto o velho Scully parecia receptivo e ávido, interrompendo o tempo todo com interjeições simpáticas.

Por fim, o sueco anunciou que tinha sede. Mexeu-se na cadeira e disse que precisava de um gole d'água.

"Eu pego pra você", gritou Scully na mesma hora.

"Não", disse o sueco com desdém. "Eu mesmo pego." Ergueu-se e caminhou cheio de pompa, com ares de proprietário, em direção às áreas de serviço do hotel.

Assim que o sueco saiu do alcance de sua voz, Scully levantou-se num pulo e sussurrou para os outros. "Lá em cima, achou que eu queria dar veneno pra ele."

"Caramba", disse Johnnie, "é de embrulhar o estômago. Por que não manda ele logo lá pro meio da neve?".

"Ele está bem agora", declarou Scully. "É que ele veio do Leste e achava que aqui era perigoso. Só isso. Está bem agora."

O vaqueiro olhou com admiração para o homem do Leste. "Você acertou na mosca", disse. "Entendeu direitinho o tal do holandês."

"Bom", disse Johnnie ao pai, "ele pode estar bem agora, mas não me convence. Uma hora, estava assustado; agora, está tranquilo demais".

O discurso de Scully sempre foi uma mistura de dialeto irlandês e gírias, com sotaque anasalado e fragmentos de dicção curiosamente formal, tirados de livros de histórias e jornais. Ele agora despejava uma estranha massa linguística na cabeça do filho. "E eu sou dono de quê? E eu sou dono de quê? E eu sou dono de quê?", indagou com voz de trovão. Deu um tapa fortíssimo no joelho para indicar que ele mesmo iria dar uma resposta, e que todos deveriam estar atentos. "Sou dono de um hotel", gritou. "Um hotel, vocês me dão licença? Um hóspede debaixo do meu teto tem privilégios sagrados. Não pode ser intimidado por ninguém. Nem ouvirá nunca uma única palavra que o prejudique e o leve a ir embora. Não tolerarei isso. Não há lugar nesta cidade onde se possa dizer que acolheram um hóspede meu que teve medo de ficar aqui." De repente, virou-se para o vaqueiro e para o homem do Leste. "Tenho razão, ou não?"

"Sim, sr. Scully", disse o vaqueiro, "tem razão".

"Sim, sr. Scully", disse o homem do Leste, "tem razão".

V

Durante a ceia das seis horas, o sueco zunia como uma dessas rodas com fogos de artifício. Por vezes, parecia a ponto de irromper, desenfreadamente, numa canção barulhenta, e, em meio a todo esse desvario, era incentivado o tempo todo pelo velho Scully. O homem do Leste aquietou-se, reservado; o vaqueiro estava de boca aberta, nem sequer se lembrava de comer; enquanto Johnnie devorava furiosamente grandes pratos de comida. As filhas do dono da casa, quando obrigadas a reabastecer as travessas de porcelana, aproximavam-se cautelosas como índias, e, depois de atingirem seus propósitos, escapuliam rapidamente, com mal disfarçado temor. O sueco dominou o festim por completo, emprestando-lhe o aspecto de uma cruel bacanal. Parecia ter ficado mais alto de repente; e fitava cada rosto com violento desdém. Sua voz ressoava pela sala. Em determinado momento, quando atacou uma das travessas usando o garfo como se fosse um arpão, quase empalou a mão do homem do Leste, que a esticara calmamente na direção da mesma travessa.

Depois da ceia, quando os homens se dirigiam para a outra sala, o sueco desferiu um tapa impiedoso no ombro de Scully. "Bem, meu velho, foi uma refeição e tanto."

Johnnie olhou preocupado para o pai; sabia que o ombro era sensível por causa de um tombo antigo; e, de fato, pareceu por um instante que Scully ia se inflamar e perder a calma por causa disso, mas acabou dando um sorriso amarelo e ficou quieto. Os outros entenderam, por esse ato, que Scully estava admitindo responsabilidade pelas novas atitudes do sueco.

Johnnie, no entanto, fez uma observação ao pai. "Por que não autoriza alguém a te atirar escada abaixo com um pontapé?" Como resposta, Scully limitou-se a franzir o cenho.

Quando estavam reunidos em torno da lareira, o sueco insistiu em outro jogo de *high-five*. Scully rechaçou gentilmente a proposta, de início, mas o sueco lançou-lhe um olhar amedrontador. O velho cedeu, e o sueco convocou os outros. Seu tom carregava um ar de grande ameaça. O vaqueiro e o homem do Leste comentaram, com indiferença, que jogariam. Scully respondeu que logo precisaria sair para receber o trem das 6h58, e, com isso, o sueco se voltou, intimidante, para Johnnie. Por um momento seus olhares se cruzaram como lâminas, e então Johnnie sorriu e disse: "Sim, eu jogo".

Formaram, então, um quadrado apoiando a tábua sobre os joelhos. O homem do Leste e o sueco eram parceiros de novo. Conforme o jogo avançava, era perceptível que o vaqueiro não esmurrava a mesa como de costume.

Enquanto isso, Scully, perto do candeeiro, pusera o pincenê e, com a aparência curiosa de um velho padre, lia um jornal. Na hora certa, saiu para receber o trem das 6h58 e, apesar de suas precauções, uma rajada de vento polar rodopiou sala adentro quando abriu a porta. Além de espalhar as cartas, congelou os jogadores até a medula. O sueco praguejou de modo assustador. Quando Scully voltou, sua entrada perturbou uma cena aconchegante e amigável. O sueco praguejou de novo. Mas, dali a pouco, já estavam concentrados no jogo, com a cabeça inclinada para a frente e as mãos se movendo com rapidez. O sueco adotara a moda de esmurrar a tábua.

Scully pegou o jornal e, por um bom tempo, permaneceu imerso em assuntos extraordinariamente distantes. O candeeiro iluminava mal, e a certa altura ele parou para ajustar o pavio. Enquanto virava as páginas, o farfalhar do jornal produzia um som lento e confortável. Então, de súbito, ouviu três palavras terríveis: "Você está trapaceando!".

Cenas assim provam que às vezes falta carga dramática em certos ambientes. Qualquer sala pode apresentar uma fachada trágica; qualquer sala pode ser cômica. Esse pequeno recinto tornara-se agora uma horrenda câmara de tortura. O próprio rosto dos presentes mudara tudo, em um instante. O sueco ergueu um punho enorme diante do rosto de Johnnie, enquanto este olhava com firmeza por cima dele e para as órbitas abrasadoras de seu acusador. O homem do Leste empalidecera; o queixo do vaqueiro caíra com aquela expressão de espanto bovino que era uma de suas características marcantes. Depois das três palavras, o primeiro som a ecoar na sala foi produzido pelo jornal de Scully, que flutuou, esquecido, até cair a seus pés. O pincenê também despencara de seu nariz, mas ele o agarrou no ar. A mão, ainda segurando o pincenê, pousava agora, em posição desconfortável, perto do ombro. Encarou fixamente os jogadores.

O silêncio deve ter preenchido o intervalo de um segundo. Então, se o chão tivesse sido bruscamente arrancado de debaixo dos homens, eles não teriam se movimentado com maior rapidez. Os cinco haviam se projetado de cabeça rumo a um ponto comum. Aconteceu que Johnnie, ao se levantar para se atirar sobre o sueco, tropeçou de leve, movido por seu curioso instinto de cuidar primeiro das cartas e da tábua. A perda da oportunidade permitiu a chegada de Scully e permitiu também que o vaqueiro desse um forte empurrão no sueco, que o lançou, cambaleante, para trás. Os homens reencontraram a fala ao mesmo tempo, e roucos gritos de raiva, apelo ou medo irromperam de todas as gargantas. O vaqueiro empurrava e acotovelava febrilmente o sueco, e o homem do Leste e Scully se agarraram, alucinados, a Johnnie; mas, em meio ao ar esfumaçado, e por cima dos corpos em movimento dos pacificadores, os dois guerreiros buscavam-se, sem parar, com olhares desafiadores, a um só tempo incandescentes e duros como aço.

Claro que a mesa improvisada tinha sido virada, e agora as cartas estavam todas espalhadas pelo chão, onde as botas dos homens pisoteavam reis e rainhas gordos e coloridos, que contemplavam, com olhar apalermado, a guerra que se desenrolava acima deles.

A voz de Scully predominava sobre os gritos. "Parem! Parem, estou mandando! Parem já!"

Johnnie, enquanto se debatia para romper a barreira formada por Scully e o homem do Leste, berrava: "Me acusou de trapacear! Me acusou de trapacear! Não admito que nenhum homem me acuse de trapacear! Se me acusa é porque ele é um...!".

O vaqueiro dizia ao sueco: "Pare já com isso! Pare já, está me ouvindo?".

Os gritos do sueco não cessavam. "Ele trapaceou! Eu vi! Eu vi."

Quanto ao homem do Leste, intrometia-se com uma voz sem muito comando. "Esperem, esperem... Por que brigar por causa de um jogo de cartas? Tenham calma."

No tumulto, não havia uma frase completa e clara. "Trapaceou", "Desista", "Ele disse...". Esses fragmentos emergiam da gritaria e ressoavam alto. Digno de nota é que, apesar de ser, sem dúvida, o mais barulhento, Scully era também o menos ouvido de todos os baderneiros.

Então, de repente, houve uma grande parada. Era como se cada um deles precisasse recuperar o fôlego, e, embora a sala ainda se iluminasse com a ira daqueles homens, podia-se ver que já não havia perigo de conflito imediato, e nesse instante Johnnie, abrindo caminho com os ombros, na marra, quase conseguiu confrontar o sueco. "Por que disse que trapaceei? Por que disse que trapaceei? Não trapaceio, e não deixarei ninguém dizer o contrário!"

O sueco rebateu: "Eu vi! Eu vi!".

"Bom", gritou Johnnie, "vou brigar com qualquer um que diga que trapaceio!".

"Não vai, não", disse o vaqueiro. "Não aqui."

"Ah, fiquem quietos! Não conseguem calar a boca?", disse Scully, metendo-se entre eles.

A pausa foi suficiente para permitir que a voz do homem do Leste fosse ouvida. Ele estava se repetindo: "Oh, esperem um momento, esperem...? Por que brigar por causa de um jogo de cartas? Tenham calma".

Johnnie, com o rosto avermelhado surgindo acima do ombro do pai, provocou de novo o sueco. "Você diz que trapaceei?"

O sueco mostrou os dentes. "Digo."

"Então", disse Johnnie, "temos de lutar".

"Sim, lutar", bramou o sueco. Parecia endemoniado. "Sim, lutar! Vou te mostrar que tipo de homem eu sou! Vou te mostrar com quem quer lutar! Acha que não sou bom de briga? Acha, é? Pois vou mostrar, seu safado, vigarista! Sim, você trapaceou! Trapaceou! Trapaceou, sim!"

"Bom, então vamos lá, meu caro", disse Johnnie friamente.

A testa do vaqueiro estava coberta de suor depois de tantos esforços para interromper os ataques. Voltou-se, desesperado, para Scully. "O que vai fazer agora?"

Algo tinha mudado na fisionomia celta do velho. Ele agora era todo avidez, seus olhos reluziam.

"Deixe que lutem", respondeu, decidido. "Não aguento mais essa história. Já aturei esse maldito sueco até demais. Que lutem."

VI

Os homens se prepararam para sair. O homem do Leste estava tão nervoso que teve grande dificuldade em enfiar os braços nas mangas de seu novo casaco de couro. Enquanto o vaqueiro enfiava um gorro de pele até as orelhas, suas mãos tremiam. Na verdade, Johnnie e o velho

Scully eram os únicos que não exibiam nenhuma agitação. Essas preliminares foram conduzidas sem palavras.

Scully escancarou a porta. "Bom, vamos lá", disse. Na mesma hora, uma terrível rajada de vento fez com que a chama do candeeiro se contorcesse em torno do pavio, enquanto uma baforada de fumaça preta brotava do topo da chaminé. A lareira estava posicionada bem no meio da corrente de ar e sua voz ganhou intensidade, igualando-se ao bramido de uma tempestade. Algumas cartas do baralho, sujas e arranhadas, foram apanhadas pelo vento e atiradas sem dó contra a parede mais distante. Os homens baixaram a cabeça e mergulharam na tempestade como num mar.

Não nevava, mas grandes redemoinhos e nuvens de flocos, varridas do chão por ventos violentos, afluíam para o sul com a velocidade de balas. A terra coberta estava azul com o lustro de um cetim extraterreno, e não havia nenhum outro matiz, exceto na estação ferroviária, que parecia incrivelmente distante e escura e onde uma luz tremeluzia como uma minúscula joia. À medida que os homens se embrenhavam na neve até quase a cintura, ficou claro que o sueco estava gritando alguma coisa.

Scully foi até ele, pôs uma mão em seu ombro e projetou um ouvido. "O que disse?", gritou.

"Estou dizendo", berrou o sueco novamente, "que

não tenho muita chance contra essa gangue. Sei que todos vão se juntar contra mim".

Scully o golpeou no braço, censurando-o. "Chega, meu caro!", gritou. O vento arrancou as palavras dos lábios de Scully e as espalhou pelo ar.

"Vocês são todos um bando de...", exclamou o sueco, mas a tempestade também cortou o restante da frase.

Voltando de imediato as costas para o vento, os homens tinham contornado uma esquina, rumo à lateral abrigada do hotel. Era função do pequeno edifício preservar aqui, em meio a essa imensa vastidão branca, um terreno irregular em forma de "V", coberto de uma grama bem enraizada e que crepitava sob os pés. Era possível imaginar as grandes massas de gelo acumuladas contra a lateral a barlavento. Quando o grupo alcançou a paz relativa daquele ponto, percebeu que o sueco ainda berrava.

"Oh, eu já sei o que vai acontecer! Sei que vão se juntar contra mim. Sozinho, não dou conta de vocês todos!"

Scully se virou contra ele como uma pantera. "Não terá que dar conta de todos nós. Terá que dar conta do meu filho, o Johnnie. E o homem que se meter na briga terá que lidar comigo."

Os preparativos foram concluídos com rapidez. Os dois homens se encaravam, obedientes aos severos comandos de Scully, cujo rosto, na meia-luz sutilmente iluminada, assumia os traços impessoais e duros vistos no semblante dos veteranos romanos.

Os dentes do homem do Leste tiritavam, e ele saltava para cima e para baixo como um brinquedo mecânico. O vaqueiro estava imóvel como uma pedra.

Os adversários não tinham retirado nenhuma peça de roupa. Vestiam trajes comuns. Seus punhos estavam erguidos e se olhavam com uma calma que encerrava elementos de uma crueldade leonina.

Durante essa pausa, a mente do homem do Leste, como um filme, absorveu impressões duradouras dos três homens: o mestre de cerimônias com nervos de aço; o sueco, pálido, imóvel, terrível; e Johnnie, sereno mas feroz, bronco mas heroico. Todo esse prelúdio trazia em si uma tragédia maior do que a tragédia da própria ação, e esse aspecto era acentuado pelo longo e suave lamento da nevasca, enquanto acelerava os flocos que revoavam, lamuriosos, rumo ao abismo negro do sul.

"Agora!", disse Scully.

Os dois combatentes saltaram para a frente e se chocaram como bois. Ouviu-se o som amortecido de golpes e de um xingamento escapando entre os dentes cerrados de um deles.

Quanto aos espectadores, a respiração reprimida do homem do Leste explodiu dentro dele com um estalo de alívio, o imenso alívio da tensão acumulada nas preliminares. O vaqueiro deu um grande salto e uivou. Scully mantinha-se imóvel, como que em supremo espanto e temor diante da fúria de uma luta que ele mesmo havia autorizado e arranjado.

Durante um tempo, o confronto na escuridão consistiu em tamanha profusão de braços voando para todo lado que não diferia muito de uma roda girando velozmente. De vez em quando, um rosto, como se iluminado por um raio de luz, reluzia, horripilante e marcado por manchas cor-de-rosa. No momento seguinte, os homens não passariam de sombras, não fosse a enunciação involuntária de xingamentos vazados em sussurros.

De repente, um surto de desejo bélico se apoderou do vaqueiro, e ele ensaiou uma disparada com a fúria de um potro selvagem. "Vai, Johnnie; vai! Mata! Mata!"

Scully o deteve. "Fique longe", disse; e, por aquele olhar, o vaqueiro pôde dizer que se tratava do pai de Johnnie.

Para o homem do Leste, a monotonia daquele confronto imutável era algo abjeto – uma mistura confusa, eterna para seus sentidos, que se resumia a um anseio para que tudo chegasse ao fim, ao fim inestimável. A certa altura, os lutadores cambalearam em sua direção, e, enquanto ele recuava, pôde ouvi-los respirar como homens torturados.

"Mata, Johnnie! Mata! Mata! Mata!" O rosto do vaqueiro se contorcia como uma daquelas máscaras de agonia nos museus. "Fica quieto", disse Scully, glacial.

Ouviu-se então um grunhido repentino, ruidoso, interrompido, e o corpo de Johnnie balançou para longe do sueco e caiu feito um peso morto na grama. O vaqueiro quase não teve tempo de impedir que o sueco enlouquecido se atirasse sobre seu adversário estirado. "Não faça isso", disse o vaqueiro, interpondo um braço. "Espere aí um segundo."

Scully estava ao lado do filho. "Johnnie! Johnnie, meu garoto?" Sua voz carregava um tom de ternura melancólica. "Johnnie? Consegue continuar?" Olhou ansioso para o rosto desfigurado e ensanguentado do filho.

Houve um momento de silêncio, e então Johnnie respondeu em sua voz de sempre: "Consigo, sim...".

Assistido pelo pai, ergueu-se com dificuldade. "Espere um pouco agora, até recuperar o fôlego", disse o velho.

A alguns passos de distância, o vaqueiro dava um sermão no sueco. "Não faça isso! Espere aí!"

O homem do Leste puxava pela manga de Scully. "Já chega", suplicou. "Já chega! Deixe estar. Já chega!"

"Bill", disse Scully, "saia da frente". O vaqueiro se afastou. "Agora!" Os combatentes eram comandados por um renovado sentimento de cautela ao avançarem rumo à trombada. Encararam-se, e então o sueco soltou um golpe, rápido como relâmpago, que carregava todo o seu peso. Johnnie ainda estava, claro, atordoado por causa da fraqueza, mas esquivou-se milagrosamente, e seu punho mandou o sueco desequilibrado para o chão.

O vaqueiro, Scully e o homem do Leste explodiram em gritos de incentivo que soavam como um coro de soldados triunfantes, mas, antes de terminarem, o sueco conseguira se aprumar, todo ágil, e partira enfurecido contra o inimigo. Houve outra profusão de braços voadores, e o corpo de Johnnie novamente balançou e caiu, como uma trouxa despencando do telhado. O sueco se arrastou na mesma hora até uma pequena árvore ondulada pelo vento e se apoiou nela, arfando como uma locomotiva, enquanto seus olhos selvagens, iluminados por uma chama, vagueavam de rosto em rosto, e os homens se debruçavam sobre Johnnie. Naquele momento, havia algo de esplendoroso no isolamento do sueco, que o homem do Leste pressentiu quando, desviando os olhos do homem esticado no chão, notou aquela figura misteriosa e solitária, esperando.

"Ainda consegue continuar, Johnnie?", perguntou Scully com a voz entrecortada.

O filho suspirou e abriu os olhos, desanimado. Passado um instante, respondeu: "Não consigo, não consigo mais...".

Então, por causa da vergonha e dos ferimentos físicos, começou a chorar, as lágrimas criando sulcos em meio às manchas de sangue em seu rosto. "Ele era forte demais pra mim, forte demais."

Scully se endireitou e falou ao vulto que o esperava. "Forasteiro", disse, sem alterar a voz, "de nossa parte, acabou". Então seu tom adquiriu aquela vibrante rouquidão que geralmente marca as declarações mais simples e definitivas. "O Johnnie tá acabado."

Sem responder, o vencedor partiu a caminho da porta da frente do hotel.

O vaqueiro formulava blasfêmias inéditas e impenetráveis. O homem do Leste se assustou ao descobrir que estavam expostos a um vento que parecia vir diretamente das massas de gelo flutuantes do Ártico. Ouviu de novo o lamento da neve, arremessada com força para seu túmulo ao sul. Entendeu ali que, durante todo aquele tempo, o frio estivera a penetrar-lhe cada vez mais fundo, e se surpreendeu por não ter morrido. Sentiu indiferença pela condição do homem derrotado.

"Johnnie, consegue andar?", perguntou Scully.

"Machuquei ele? Machuquei?", perguntou o filho.

"Consegue andar, rapaz? Consegue andar?"

A voz de Johnnie de repente ganhou força. Havia nela uma firme impaciência. "Perguntei se machuquei ele!"

"Sim, sim, Johnnie", respondeu o vaqueiro em tom de consolo; "ele está bem machucado".

Ergueram-no do chão e, assim que se pôs em pé, saiu cambaleando e rechaçando todas as tentativas de ajuda. Quando o grupo contornou a esquina, foi completamente cegado pela lufada de neve. Queimou-lhes o rosto como fogo. O vaqueiro carregou Johnnie pela nevasca até a porta. Ao entrarem, algumas cartas de baralho levantaram voo de novo e chocaram-se contra a parede.

O homem do Leste correu para a lareira. Sentia tanto frio que quase ousou abraçar o ferro incandescente. O sueco não estava na sala. Johnnie se afundou numa cadeira e, enlaçando os joelhos com os braços, enterrou neles o rosto. Scully, aquecendo um pé e depois o outro, na borda da lareira, murmurou para si mesmo uma lamúria celta. O vaqueiro tinha tirado o gorro de pele e, com um ar atordoado e pesaroso, corria agora os dedos pelos cachos desgrenhados. Vindo lá de cima, ouviam o ranger das tábuas sob os passos do sueco pelo chão do quarto.

O triste silêncio foi quebrado pelo súbito escancarar de uma porta que dava para a cozinha. Foi imediatamente seguido por uma incursão de mulheres. Elas se precipitaram sobre Johnnie em meio a um coro de lamentações. Antes de transportarem a presa até a cozinha, para lá ser banhada e esculhambada, com aquela mistura de compaixão e afronta que é uma proeza típica do seu sexo, a mãe se endireitou e fitou o velho Scully com olhar de severa reprovação. "Que vergonha, Patrick Scully!", exclamou. "Com seu próprio filho. Que vergonha!"

"Basta! Vê se fica quieta!", disse o velho, já sem forças.

"Que vergonha, Patrick Scully!" As garotas, unindo-se em torno do lema, fungaram com desdém na direção dos dois trêmulos cúmplices: o vaqueiro e o homem do Leste. Logo a seguir, levaram Johnnie dali, deixando os três homens entregues a uma lúgubre reflexão.

VII

"Eu mesmo gostaria de lutar com esse holandês", disse o vaqueiro, quebrando um longo silêncio.

Scully balançou a cabeça, triste. "Não, isso não resolveria. Não seria correto. Não seria correto."

"E por que não?", argumentou o vaqueiro. "Não vejo nenhum mal nisso."

"Não", respondeu Scully com um heroísmo sombrio. "Não seria correto. A luta era do Johnnie, e agora não podemos dar uma surra no homem só porque ele deu uma surra no Johnnie."

"Sim, isso é verdade", disse o vaqueiro; "mas ele que não se meta comigo, não vou tolerar isso".

"Não vai lhe dizer uma palavra", ordenou Scully, e, naquele instante, ouviram os passos do sueco na escada. Sua entrada foi teatral. Empurrou a porta com uma pancada e caminhou cheio de pompa até o meio da sala. Ninguém olhou para ele. "Bom", gritou, insolente, para Scully, "acho que agora vai me dizer quanto lhe devo?".

O velho permaneceu impassível. "Não me deve nada."

"Ah é?", disse o sueco. "Não devo nada pra ele..."

O vaqueiro se dirigiu ao sueco. "Forasteiro, não entendo essa alegria toda, depois de tudo que aconteceu aqui."

O velho Scully ficou imediatamente alerta. "Pare!", gritou, erguendo a mão espalmada. "Bill, cale a boca!"

O vaqueiro cuspiu descuidadamente na caixa de serragem. "Não falei nada de mais, verdade?", perguntou.

"Sr. Scully", repetiu o sueco, "quanto lhe devo?". Via-se que estava vestido para partir e tinha a mala na mão.

"Não me deve nada", reforçou Scully, ainda impassível.

"Bom", disse o sueco. "Acho que tem razão. Se for pensar bem, você é que me deveria alguma coisa. É o que eu acho." Voltou-se para o vaqueiro. "Mata! Mata! Mata!", imitou e depois gargalhou, vitorioso. "Mata!" Quase convulsionava de tanto rir com a própria ironia.

Mas poderia estar zombando dos mortos. Os três homens mantiveram-se imóveis e silenciosos, olhando, vidrados, para a lareira.

O sueco abriu a porta e avançou para a tempestade, deitando um último olhar de escárnio no grupo.

Assim que a porta se fechou, Scully e o vaqueiro ergueram-se de um pulo e começaram a praguejar. Andavam de um lado para outro, agitando os braços e socando o ar com os punhos. "Que minuto difícil de passar!", lamentou Scully. "Que minuto difícil! Ele ali, encarando e zombando! Um murro naquele nariz valeria uns 40 dólares pra mim naquele minuto! Como você aguentou, Bill?"

"Como aguentei?", gritou o vaqueiro com a voz trêmula. "Como aguentei? Ah!"

O velho desatou a falar em dialeto irlandês. "Queria muito pegar aquele sueco de jeito", exclamou, "e tacar ele no chão de pedra e dar nele com um porrete até virar geleia!".

O vaqueiro suspirou, solidário. "Queria pegar ele pelo pescoço e dar muito nele", disse, baixando a mão e imitando o ruído de um tiro de pistola, "dar naquele holandês até ficar igual a um coiote morto! Queria bater até...".

"Ia ensinar umas *coisinhas* pra ele."

E então, juntos, soltaram um grito de anseio mútuo.

"Ah, se pudéssemos..."

"Sim!"

"Sim!"

"E então eu..."

"Ah!"

VIII

O sueco, agarrando-se firmemente à mala, avançou pela tempestade como se empurrado por velas. Acompanhou uma fileira de pequenas árvores nuas, que sabia marcarem o caminho para a estrada. Seu rosto, trazendo ainda as marcas dos punhos de Johnnie, sentia mais prazer do que dor no vento e na neve que caía. Uma série de formas quadradas, indistintas, assomou-se, por fim, e ele as reconheceu como sendo as casas da área principal da cidade. Encontrou uma rua e seguiu por ela, inclinando-se fortemente contra o vento sempre que, ao dobrar uma esquina, uma rajada o alcançava.

Poderia estar num vilarejo deserto. Costumamos imaginar o mundo como um lugar pleno de realizações, de celebração edificante da humanidade, mas aqui, com as cornetas da tempestade trovejando, era difícil imaginar um planeta povoado. Alguém poderia enxergar a existência do homem como um verdadeiro prodígio, e até admitiria certo fascínio por esses piolhos obrigados a se agarrar a um bulbo rodopiante, fustigado pelo fogo, aprisionado em gelo, acometido por doenças e perdido no espaço. A vaidade do homem revelava-se pela tempestade como o próprio motor da vida. Arrogante aquele que nela não perecesse. No entanto, o sueco encontrou um *saloon*.

Na entrada, ardia uma luz vermelha, indomável, e os flocos de neve ganhavam um tom cor de sangue ao riscarem o território circunscrito pelo brilho do candeeiro. O sueco empurrou a porta do *saloon* e entrou. O chão de terra batida apresentou-se diante dele; na outra ponta, quatro homens bebiam em torno de uma mesa. Ao longo de um dos lados do recinto estendia-se um balcão reluzente, e seu guardião, apoiado nos cotovelos, ouvia a conversa dos homens à mesa. O sueco largou a mala no chão e, sorrindo fraternalmente para o empregado do bar, disse: "Um uísque, pode ser?".

O homem depositou sobre o balcão uma garrafa, um copo de uísque e um copo com gelo. O sueco serviu-se de uma dose anormal de uísque e a entornou em três goladas. "Noite ruim", observou o empregado de modo indiferente. Tentava se passar por cego, característica distintiva de sua classe, mas via-se que analisava furtivamente as manchas de sangue mal disfarçadas no rosto do sueco. "Noite ruim", repetiu.

"Pra mim não está tão ruim assim", respondeu o sueco, áspero, enquanto se servia de mais uísque. O empregado recebeu a moeda dele e a levou até a caixa registradora, exageradamente niquelada. Uma campainha tocou; um cartão rotulado "20 centavos" surgira.

"Não", continuou o sueco, "o tempo não está tão ruim. Não pra mim".

"E então?", murmurou o empregado, moroso.

Os tragos generosos turvavam os olhos do sueco, e sua respiração ficou um pouco mais ofegante. "Eu bem que gosto desse tempo. Gosto mesmo. Me agrada." Aparentemente, buscava emprestar um significado mais profundo a essas palavras.

"E então?", murmurou o empregado novamente. Virou-se para mirar, quase que em devaneio, os pássaros semelhantes a arabescos e os arabescos semelhantes a pássaros que haviam sido desenhados com sabão sobre os espelhos atrás do balcão.

"Bom, acho que vou tomar mais um trago", disse o sueco logo depois. "Não me acompanha?"

"Não, obrigado, não estou bebendo", respondeu o empregado. Na sequência, perguntou: "Como machucou seu rosto?".

O sueco desatou a se vangloriar, para quem quisesse ouvir. "Numa briga. Acabei com a raça de um sujeito lá no hotel do Scully."

O interesse dos quatro homens na mesa fora finalmente despertado.

"Quem foi?", perguntou um deles.

"Johnnie Scully", festejou o sueco. "Filho do homem que administra o hotel. Ficará quase morto por algumas boas semanas, posso garantir. Dei-lhe uma bela sova. Ele não conseguia nem se levantar. Foi carregado para dentro de casa. Me acompanham num trago?"

Instantaneamente, e de maneira sutil, os homens se recolheram. "Não, obrigado", disse um. O grupo tinha uma formação curiosa. Dois eram proeminentes homens de negócio locais; um era o promotor de Justiça; e o outro era um jogador profissional do tipo conhecido como "sério". Mas mesmo um exame minucioso do grupo não teria permitido que um observador distinguisse o jogador dos homens de atividades mais respeitáveis. Ele era, de fato, um homem de modos tão delicados, quando entre pessoas de classe superior, e tão criterioso na escolha das vítimas, que dentre a parte estritamente masculina da sociedade passara a ser considerado uma pessoa de confiança e admirado. Chamavam-no de puro-sangue. O medo e o desprezo com que enxergavam seu ofício constituíam, sem dúvida, a razão pela qual sua dignidade silenciosa sobressaía à dignidade silenciosa dos homens que poderiam ser meros chapeleiros, marcadores de mesa de bilhar ou balconistas de mercearia. Para além de um viajante ocasional e incauto, que chegasse de trem, o jogador tinha como presas preferenciais apenas fazendeiros imprudentes e senis que, em épocas de colheitas pródigas, se dirigiam à cidade orgulhosos e confiantes em sua estupidez absolutamente inviolável. Ao ouvirem falar, por vezes e indiretamente, da espoliação de um desses fazendeiros, os homens importantes de Romper sempre riam de desprezo pela vítima e, se chegavam a pensar no predador, era com uma ponta de orgulho, por saberem que ele jamais ousaria atacá-los em sua sensatez e coragem. Além disso, era amplamente sabido que o jogador tinha uma esposa de verdade e dois filhos de verdade em uma asseada casa no subúrbio, onde levava uma vida doméstica exemplar, e, quando alguém insinuava qualquer mancha em seu caráter, a turba logo vociferava alusões a esse virtuoso círculo familiar. Então, homens que levavam uma vida familiar exemplar, e homens que não levavam uma vida familiar exemplar, todos se calavam em grupo, observando que nada mais havia a ser dito.

Entretanto, sempre que lhe era imposta uma restrição qualquer, por exemplo, quando um grupo influente de sócios do novo Clube Pollywog se recusou a permitir sua presença, mesmo como espectador, nos salões da organização, a candura e a gentileza com que aceitou a sentença desarmaram muitos de seus oponentes e tornaram seus amigos ainda mais desbragadamente aliados. Procurava se diferenciar de um respeitável cidadão de Romper de forma tão rápida e franca que seus modos pareciam, na prática, transmitir uma contínua e abrangente saudação.

E não nos esqueçamos de enfatizar o fato fundamental de seu status em Romper. É irrefutável que em todas as questões dissociadas de sua ocupação, em todas as questões que surgem eterna e cotidianamente entre os homens, esse trapaceiro das cartas era tão generoso, tão justo, tão moral, que, numa disputa, poderia pôr para correr a consciência de 90% dos cidadãos de Romper.

E assim aconteceu de ele estar sentado nesse *saloon* com os dois proeminentes comerciantes locais e o promotor de Justiça.

O sueco continuava a beber uísque puro, enquanto tagarelava com o empregado do bar e tentava convencê-lo a entregar-se a libações. "Vamos lá. Tome um trago. Vamos lá. Por que não? Só um. Por Deus, eu surrei um homem esta noite e quero comemorar. E foi uma bela de uma sova. Cavalheiros", gritou o sueco para os homens da mesa, "me acompanham?".

"Sssh!", disse o empregado.

O grupo à mesa, embora furtivamente atento, fingira estar muito envolvido na conversa, mas agora um dos homens levantou os olhos na direção do sueco e disse, curto e grosso: "Obrigado. Não queremos mais".

Ao ouvir a resposta, o sueco estufou o peito como um galo de briga. "Bom", explodiu, "parece que não consigo arrumar ninguém pra beber comigo nesta cidade, não é mesmo? Que coisa!".

"Ssssh!", disse o empregado.

"Olha", rosnou o sueco, "não tente me calar. Não aceito isso. Sou um cavalheiro! E quero que as pessoas bebam comigo. E quero que bebam comigo agora. Estão entendendo?". E bateu no balcão com os nós dos dedos.

Anos de experiência tinham dado casca grossa ao empregado do bar, que simplesmente fechou a cara. "Entendi", respondeu.

"Bom", gritou o sueco, "escute bem então. Vê aqueles homens ali? Então, eles vão beber comigo, e não se esqueça disso. Agora veja".

"Opa!", gritou o empregado, "assim não pode ser!".

"Por que não?", reclamou o sueco. Aproximou-se, empertigado, da mesa e, por acaso, pousou a mão no ombro do jogador. "Que tal isto?", perguntou, com raiva. "Eu o convidei para beber comigo."

O jogador simplesmente abanou a cabeça e falou por cima do ombro. "Meu amigo, eu não o conheço."

"Mas que inferno!", respondeu o sueco, "venha tomar um trago".

"Escute, meu rapaz", aconselhou gentilmente o jogador, "tire sua mão do meu ombro e vá cuidar da sua vida". Era um homem pequeno e esguio, e soava estranho ouvi-lo usar esse tom de condescendência heroica com aquele sueco enorme. Os outros homens à mesa nada disseram.

"O quê? Não vai beber comigo, baixinho! Então eu te obrigo! Eu te obrigo!" O sueco agarrara o jogador freneticamente pela garganta e o arrastava da cadeira. Os outros homens saltaram dos assentos. O empregado do bar correu e deu a volta no balcão. Houve um grande tumulto, e então surgiu uma longa lâmina na mão do jogador. O metal projetou-se à frente, e um corpo humano, essa cidadela de virtude, sabedoria, força, foi perfurado com a facilidade com que se abre um melão. O sueco desabou com um grito de supremo espanto.

Os proeminentes comerciantes e o promotor de Justiça devem ter saído do estabelecimento imediatamente, aos tropeções. O empregado se viu agarrado ao braço de uma cadeira, com as pernas bambas, fitando os olhos de um assassino.

"Henry", disse este último, enquanto limpava sua faca em uma das toalhas penduradas embaixo do balcão, "diga a eles onde me encontrar. Estarei em casa, esperando por eles". Então, desapareceu. Um momento depois, o empregado estava na rua, aos berros, em meio à tempestade, em busca de ajuda e, sobretudo, companhia.

O cadáver do sueco, sozinho no *saloon*, tinha o olhar fixo em um letreiro medonho encontrado no topo da máquina registradora. "Aqui se registra o montante da sua compra."

IX

Meses depois, o vaqueiro estava fritando carne de porco sobre o fogão de um pequeno rancho, perto da fronteira com Dakota, quando se ouviu o barulho de cascos de cavalo lá fora e, logo a seguir, o homem do Leste entrou com as cartas e os jornais.

"Bem", disse, de imediato, o homem do Leste, "o sujeito que matou o sueco pegou três anos. Não foi muito, não é mesmo?".

"Pegou três anos?" O vaqueiro preparava a panela de carne de porco enquanto ruminava sobre as notícias. "Três anos. Não é muito."

"Não. Foi uma sentença leve", respondeu o homem do Leste enquanto desafivelava suas esporas. "Parece que houve grande compaixão por ele em Romper."

"Se o empregado do bar tivesse agido direito", observou o vaqueiro, pensativo, "teria rachado a cabeça daquele holandês com uma garrafa já pra começo de conversa e evitado o assassinato".

"Sim, milhares de coisas poderiam ter acontecido", disse o homem do Leste cinicamente.

O vaqueiro devolveu a panela de carne de porco ao fogo, mas seguiu filosofando. "É engraçado, não é? Se não tivesse acusado o Johnnie de trapacear, ele estaria vivo agora. Era um grande idiota. E num jogo por diversão, além de tudo, não por dinheiro. Acho que era louco."

"Sinto pena desse jogador", disse o homem do Leste.

"Ah, eu também", disse o vaqueiro. "Ele não merece nada disso por matar quem matou."

"O sueco poderia não ter sido morto se tudo tivesse sido feito direito."

"Poderia não ter sido morto?", exclamou o vaqueiro. "Tudo feito direito? Por quê, quando ele disse que Johnnie estava trapaceando e depois agiu como um idiota? E depois, no *saloon*, praticamente pediu que o ferissem!" Com esses argumentos, o vaqueiro encurralou o homem do Leste e o enfureceu.

"Você é um idiota!", gritou o homem do Leste violentamente. "É um idiota ainda maior que o sueco e por maioria absoluta. Agora deixe-me dizer-lhe só uma coisa. Só uma. Escute! O Johnnie estava trapaceando!"

"O Johnnie", disse o vaqueiro, desorientado. Houve

um minuto de silêncio, e então ele rebateu, contundente: "Não! O jogo era só por diversão".

"Diversão ou não", disse o homem do Leste, "o Johnnie estava trapaceando. Eu o vi. Eu sei. Eu o vi. E me recusei a me levantar e agir como um homem. Deixei o sueco enfrentar a situação sozinho. E você... você ficou andando de um lado para outro, todo orgulhoso, querendo ver sangue. E o velho Scully, então! Estamos todos envolvidos nessa! Esse pobre jogador nem sequer é um substantivo. É uma espécie de advérbio. Todos os pecados resultam de uma colaboração. Nós, os cinco, colaboramos no assassinato desse sueco. Normalmente, há entre uma dúzia e quarenta mulheres envolvidas, de fato, em qualquer assassinato, mas neste caso parece haver apenas cinco homens: você, eu, Johnnie, o velho Scully e aquele tolo, aquele infeliz daquele jogador, que é só o ponto culminante, o ápice de um movimento humano, e que acabou recebendo todo o castigo".

Ofendido, revoltado e agora envolto pela névoa misteriosa dessa teoria, o vaqueiro gritou cegamente: "Bom, eu mesmo não fiz nada, fiz?".

AS LUVAS NOVAS DE HORACE

I

O pequeno Horace caminhava da escola para casa, lindamente enfeitado por um par de luvas vermelhas novas. Alguns moleques atiravam bolas de neve num campo ali ao lado, felizes da vida. E o saudaram. "Venha, Horace. Estamos brincando de guerra."

Horace estava triste. "Não", ele disse, "não posso. Tenho que ir pra casa". Ao meio-dia, sua mãe o havia advertido. "Ouça bem, Horace, venha direto para casa depois da aula. Ouviu? E não encharque essas luvas novas, tão bonitas. Ouviu?" A tia também palpitou: "Olha, Emily, sinceramente, é uma vergonha você deixar esse menino destruir tudo". Referia-se às luvas. À sua mãe, Horace havia respondido, respeitoso: "Sim, mamãe". Mas, agora, vagava perto daquele belicoso grupo de meninos, que berravam feito falcões enquanto as bolas de neve voavam.

Alguns deles logo perceberam a extraordinária hesitação. "Olha lá!", fizeram uma pausa, zombando, "com medo de sujar as luvas novas, não é?". Alguns garotos menores, que ainda não tinham noção exata das motivações por trás das coisas, aplaudiram o ataque com veemência irracional. "Tá com medo das luvas! Tá com medo das luvas!" Cantavam esses versos embalados por uma melodia cruel e monótona, tão antiga talvez como a própria infância americana, e que é o privilégio do adulto emancipado esquecer por completo. "Tá com medo das luvas!"

Horace lançou um olhar sofrido para seus companheiros de brincadeira e depois baixou a vista para a neve a seus pés. Um segundo depois, virou-se para o tronco de um dos grandes carvalhos que ladeavam o passeio. Fingiu examinar de perto a casca áspera e viril. Em sua cabeça, aquela rua tão familiar de Whilomville pareceu escurecer sob a sombra espessa da vergonha. As árvores e as casas revestiam-se agora de um pano mortuário roxo.

"Tá com medo das luvas!" A terrível música carregava em si desígnios reminiscentes de tambores de guerra, tocados em noites de lua cheia para animar cânticos canibais.

Por fim, Horace, com esforço supremo, levantou a cabeça. "Não ligo pra elas", disse, ríspido. "Tenho que ir pra casa, só isso."

Sem demora, cada um dos meninos esticou o indicador esquerdo como se fosse um lápis e começou a afiá-lo ironicamente com o indicador direito. Aproximaram-se e cantaram como um coro ensaiado: "Tá com medo das luvas!".

Quando ergueu o tom para rechaçar a acusação, sua voz simplesmente sumiu em meio aos gritos da turba. Estava sozinho, enfrentando todas as tradições da infância masculina, enfileiradas ali por representantes implacáveis. Despencou a um nível tão deplorável que um outro garoto, uma mera criancinha, o flanqueou e atingiu seu rosto com uma pesada bola de neve. O ato foi aclamado com chacotas ruidosas. Horace virou-se para contra-atacar o agressor, mas houve uma reação imediata no outro flanco, e por isso se viu obrigado a manter o rosto de frente para o hilário bando de algozes. A criancinha correu, em segurança, para a retaguarda, onde foi recebida com rasgados elogios por sua ousadia. Horace recuou lentamente, buscando a parte alta do passeio. Tentava fazer-se ouvir, mas o único som a ecoar era o do canto "Tá com medo das luvas!". Durante a retirada em desespero, o garoto, pálido e sem ter para onde correr, sofreu mais do que geralmente sofrem os homens.

Sendo ele próprio um menino, não conseguia entender, de jeito nenhum, os meninos. Tinha, é claro, a desoladora convicção de que iriam atormentá-lo até o túmulo. Mas, de uma hora para outra, ao se acercarem de uma das bordas do campo, pareceram esquecer-se de tudo aquilo. De fato, exibiam apenas a malevolência de uns tantos pardais irrequietos. O interesse tinha se deslocado caprichosamente para algum outro assunto. Num instante, encontravam-se de novo no campo, divertindo-se na neve. Algum garoto mais mandão deve ter ordenado. "Ah, deixa pra lá."

Quando a perseguição cessou, Horace cessou sua retirada. Dedicou algum tempo a uma óbvia tentativa de recuperar seu amor-próprio e então começou a se bandear furtivamente em direção ao grupo reunido lá embaixo. Também ele sofrera uma importante mudança. Talvez a sua profunda aflição fosse apenas tão duradoura quanto a malevolência dos outros. Em sua vida de menino, a observância a algum credo de conduta não formulado fora imposta com rigor inconstante, mas impiedoso. Eram, afinal, seus camaradas, seus amigos.

O grupo não se deu conta de seu regresso. Estavam envolvidos numa arenga. Havia sido estabelecido, evidentemente, que se tratava de uma batalha entre índios e soldados. Os garotos menores, mais franzinos, tinham sido obrigados a aparecer como índios, na escaramuça inicial, porém agora já estavam fartos do papel e relutantemente, mas com firmeza, expressavam seu desejo de mudar de casta. Os rapazes maiores haviam todos conquistado grande distinção, devastando inequivocamente os índios, e queriam que a guerra seguisse como planejado. Explicaram, com eloquência, que era apropriado que os soldados sempre açoitassem os índios. Os menores não negavam a verdade desse argumento, apenas se limitavam à simples afirmação de que, nesse caso, queriam eles ser os soldados. Cada um dos rapazinhos apelou de boa-fé aos outros para que permanecessem como índios, mas, no que dizia respeito a si mesmos, reiteravam a vontade de se alistarem como soldados. Os grandes estavam desesperados com essa falta de entusiasmo dos indiozinhos. Alternaram agrados e ameaças, mas não conseguiram persuadir os pequenos, que preferiam sofrer a terrível humilhação a se submeter a outra investida dos soldados. Foram chamados de todos os nomes infantis que tivessem o poder de ferir profundamente os seus brios, mas se mantiveram firmes.

Então, um rapaz temido, um líder respeitado, capaz de derrotar adversários mais experientes, perdeu a paciência e gritou de repente: "Está bem, então, eu mesmo serei um índio. Vamos lá". Os pequenos saudaram com brados de incentivo o reforço às suas combalidas fileiras e pareceram, então, satisfeitos. Mas a situação estava longe de ser resolvida: a comitiva pessoal do rapaz temido e todos os que não eram parte do grupo renunciaram espontaneamente à bandeira e se declararam índios. Agora não havia soldados. Os índios eram unanimidade. O rapaz temido usou sua influência, mas sua influência não superou a lealdade dos amigos, que se recusavam a lutar sob qualquer outra cor que não fosse a dele.

Era nítido que a única saída seria coagir os pequenos. O rapaz temido voltou a ser um soldado e, em seguida, magnânimo, permitiu que se juntasse a ele todo o poder de guerra da turma, deixando para trás um bando de indiozinhos desamparados. Então, os soldados atacaram os índios, exortando-os, ao mesmo tempo, a que oferecessem oposição.

Os índios adotaram inicialmente uma política de rendição imediata, mas não tiveram sucesso porque nenhuma das tentativas de se entregarem foi aceita. Procuraram, em seguida, dar meia-volta e fugir, protestando aos berros. Os ferozes soldados os perseguiram em meio à barulheira. A batalha cresceu, dando lugar a todo tipo de surpresas.

Horace havia ameaçado voltar para casa várias vezes, mas viu-se aprisionado pelo feitiço da cena, cujo fascínio ia além de tudo o que o homem adulto pode compreender. Sua alma foi tomada por um sentimento de culpa, uma sensação de castigo iminente, motivado por desobediência, mas nada era páreo para o delírio gerado pela guerra de neve.

II

Um dos soldados que compunham a força de ataque, ao avistar Horace, gritou: "Tá com medo das luvas!". Horace estremeceu diante da provocação renovada, e o outro rapaz se deteve para insistir na chacota. Horace pegou um pouco de neve, formou uma bola e atirou-a no outro. "Ei", exclamou o garoto, "você é um índio, não é? Pessoal, tem um índio aqui que ainda não foi morto". Ele e Horace iniciaram um duelo em que ambos tinham tanta pressa para formar bolas de neve que mal conseguiam fazer pontaria direito.

A certa altura, Horace acertou seu oponente em cheio, no peito. "Ei", gritou, "você está morto. Não pode mais guerrear, Pete. Matei você, está morto".

O outro garoto enrubesceu, mas continuou juntando munição freneticamente. "Não chegou a me tocar", retorquiu, ameaçador. "Não chegou a me tocar. Onde foi?", acrescentou, desafiador. "Onde me acertou?"

"No casaco! Bem no seu peito. Não pode mais guerrear. Está morto."

"Acertou nada!"

"Acertei, sim. Ei, amigos, ele não está morto? Acertei em cheio."

"Acertou nada!"

Ninguém testemunhara o ocorrido, mas alguns dos meninos tomaram partido em absoluta conformidade com a amizade que tinham com uma das partes envolvidas. O oponente de Horace ia de um lado para outro, argumentando: "Ele nunca me tocou. Nunca chegou perto de mim. Nunca chegou perto de mim".

O líder temido se apresentou, então, e abordou Horace. "O que você era? Índio? Bom, então está morto, é isso. Ele te acertou, eu vi."

"Eu?", gritou Horace com a voz esganiçada. "Ele não chegou nem perto de mim."

Naquele momento, ouviu seu nome ser chamado em certo tom familiar de duas notas, sendo a última delas estridente e prolongada. Olhou para a calçada e viu sua mãe ali, em pé, em suas vestes de viúva, com dois embrulhos de papel pardo debaixo do braço. Um silêncio caíra sobre todos os meninos. Horace moveu-se lentamente na direção da mãe. Ela pareceu não notar sua aproximação, olhava austeramente através dos galhos nus dos carvalhos, por onde duas faixas avermelhadas do pôr do sol se estendiam pelo céu de um azul profundo.

A uma distância de dez passos, Horace fez um apelo desesperado. "Ah, mãe", choramingou, "não posso ficar mais um pouco?".

"Não", ela respondeu, solene, "você vem comigo". Horace conhecia aquele jeito, o jeito implacável. Mas continuou a implorar, pois não lhe escapava que uma grande demonstração de sofrimento naquele instante poderia aliviar seu sofrimento mais tarde.

Não ousou olhar para trás, na direção de seus companheiros de brincadeira. Já era um escândalo público o fato de não poder ficar na rua até tão tarde como os outros meninos, e podia imaginar sua posição agora, depois de ser arrastado, mais uma vez, pela mãe, à vista de todo mundo. Era um ser humano profundamente lastimável.

Tia Martha abriu-lhes a porta. A luz derramou-se em torno de sua saia reta. "Ah", disse ela, "então você o encontrou na rua, não foi? Bom, digo que já não era sem tempo!".

Horace refugiou-se na cozinha. O fogão, esparramado sobre suas quatro pernas de ferro, zumbia com suavidade. Tia Martha acabara, claramente, de acender o candeeiro, pois foi até ele e começou a ajustar o pavio.

"Bom", disse a mãe, "vamos ver essas luvas".

O queixo de Horace caiu. A aspiração do criminoso, o desejo veemente por um exílio onde escaparia do castigo, da justiça, ardia-lhe no peito. "Eu... eu... não sei onde estão", disse por fim, ofegante, passando as mãos sobre os bolsos.

"Horace", entoou a mãe, "está inventado história".

"Não é história, não", respondeu, quase sem fôlego. Parecia um ladrão de ovelhas.

A mãe o segurou pelo braço e começou a revistar seus bolsos. Quase de imediato, conseguiu fazer aparecer um par de luvas encharcadas. "Bom, e agora?!", gritou tia Martha. As duas mulheres se aproximaram do candeeiro e examinaram minuciosamente as luvas, virando-as vezes sem conta. Depois, quando Horace ergueu os olhos, o rosto grosseiro e de traços tristes da mãe voltara-se para ele. Desatou a chorar.

A mãe puxou uma cadeira para perto do fogão. "Senta aí até eu dizer que pode levantar." Ele caminhou, temeroso e submisso, até a cadeira. A mãe e a tia dedicavam-se com afinco à preparação do jantar. Não tomaram conhecimento da existência dele, levando esse pretenso esquecimento tão longe que nem sequer falavam uma com a outra. Dali a pouco, passaram para a sala de estar, onde também jantavam. Horace ouvia o som ruidoso da louça sendo carregada. Tia Martha trouxe um prato de comida, colocou-o numa cadeira perto dele e saiu sem abrir a boca.

Horace decidiu desde logo que não iria tocar na comida. Usara muitas vezes esse ardil ao lidar com a mãe. Não sabia por que isso a fazia ceder, mas é certo que, por vezes, funcionava.

A mãe ergueu o olhar quando a tia retornou para a outra sala. "Ele está jantando?", perguntou.

A tia solteira, fortalecida pela ignorância, encarou

com piedade e desdém esse interesse da irmã. "Bom, Emily, como vou saber?", indagou. "Queria que eu ficasse lá vigiando? Você se preocupa demais com ele! É uma vergonha o jeito como educa essa criança."

"Ele precisa comer alguma coisa. Não faz bem ficar sem comer", retorquiu a mãe, sem forças.

Tia Martha, escarnecendo profundamente da política de condescendência embutida naquelas palavras, soltou um suspiro longo e desrespeitoso.

Sozinho na cozinha, Horace olhava com tristeza para o prato de comida. Durante muito tempo, não deu indicações de que se renderia. Sua disposição era de inflexibilidade. Estava decidido a não vender sua vingança por pão, presunto frio e picles, e, ainda assim, é preciso dizer que aquela visão o afetou intensamente. Os picles, em especial, destacavam-se por seu charme sedutor. Ele os examinou com ar sombrio.

Mas, por fim, incapaz de suportar o martírio, de sustentar por mais tempo aquela atitude diante dos picles, estendeu um dedo curioso e os tocou. Estavam frescos e verdes e roliços. Então, uma compreensão clara do cruel infortúnio da situação de súbito tomou conta dele, e seus olhos se encheram de lágrimas, que logo começaram a rolar pelas bochechas. Fungou. Tinha o coração escurecido pelo ódio. Imaginava cenas de vingança mortal. Mostraria à mãe que ele não era alguém que tolerasse uma perseguição mansamente, sem erguer um braço para se defender. Assim, seus sonhos tratavam de uma matança de sentimentos e, perto do fim, a mãe era retratada vindo até ele, curvada de dor e caindo aos seus pés. Aos prantos, ela imploraria caridade. Será que ele a perdoaria? Não. Seu coração, outrora terno, transformara-se em pedra pela injustiça dela. Não podia perdoar-lhe. Ela teria de sofrer a pena inexorável.

O primeiro passo desse terrível plano era a recusa da comida. Isso, sabia ele, por experiência própria, causaria estragos de monta no coração da mãe. E, assim, esperou, taciturno.

Mas, de súbito, ocorreu-lhe que a primeira parte de sua vingança corria o risco de fracassar. Deu-se conta de que a mãe poderia não capitular, como de costume. Segundo suas lembranças, já passara da hora em que ela deveria entrar, preocupada, tristemente afetuosa, e perguntar-lhe se ele estava doente. A essa altura, ela costumava insinuar com voz resignada ter sido vítima de uma doença secreta, mas que preferia sofrer em silêncio e só. Se ela se revelava obstinada em sua ansiedade, ele pedia, sempre em voz baixa e lúgubre, que ela fosse embora e o deixasse sofrer em silêncio e sozinho, na penumbra, sem comida. Sabia que essas manobras podiam resultar até numa torta de sobremesa.

Mas qual era o significado da longa pausa e da calmaria? Será que seu velho e valoroso ardil o traíra? À medida que a verdade penetrava sua mente, ele detestava totalmente a vida, o mundo, a mãe. O coração dela se mostrava resistente às investidas; ele não passava de uma criança derrotada.

Choramingou por um tempo antes de escolher o derradeiro golpe. Fugiria. Em um canto remoto do mundo, iria se tornar uma espécie de sanguinário, levado a uma vida de crime pelas barbaridades da mãe. Ela nunca viria a saber o que lhe reservara o destino. Ele iria torturá-la durante anos com dúvidas e dúvidas e conduzi-la, implacavelmente, a uma sepultura penitente. Tampouco sua tia Martha escaparia. Algum dia, um século depois, quando a mãe estivesse morta, ele escreveria para a tia Martha e apontaria o papel que ela tivera no flagelo de sua vida. Por um golpe contra ele, agora ele revidaria, a seu tempo, com mil, ah, sim, com 10 mil.

Ele se levantou e pegou o casaco e o gorro. Ao avançar, sorrateiro, em direção à porta, deu uma última olhada para trás, para os picles. Sentiu-se tentado a levá-los, mas sabia que, se deixasse o prato intocado, a mãe iria se sentir ainda pior.

Caía uma neve azulada. As pessoas, curvadas para a frente, moviam-se rapidamente pelas ruas. Os candeeiros elétricos zuniam em meio à profusão de flocos. Quando Horace emergia da cozinha, uma estridente rajada forçou os flocos a contornarem o canto da casa. Ele se agachou, esquivando-se, e a violência da natureza iluminou vagamente seu espírito, apontando novas direções. Ponderou acerca da escolha de cantos remotos do globo. Descobriu que não tinha planos muito bem definidos, em termos geográficos, mas, sem grande perda de tempo, optou pela Califórnia. Moveu-se rapidamente até o portão da frente da casa da mãe, a caminho da Califórnia. Estava livre, por fim. Seu sucesso tinha algo de apavorante, sentia um aperto na garganta.

Mas, no portão, deteve-se. Não sabia se a viagem à Califórnia seria mais curta se descesse a Niagara Avenue ou se pegasse a Hogan Street. Como a tempestade estava muito fria e a questão era por demais importante, decidiu recolher-se para refletir na cabana onde guardavam madeira. Adentrou o barraco escuro e sentou-se no velho bloco de cortar lenha, no qual devia realizar suas tarefas, por alguns minutos, todas as tardes quando voltava da escola. O vento uivava contra tábuas soltas, e via-se uma trilha de neve no chão, ao lado de uma fenda.

Aqui, a ideia de começar pela Califórnia, em uma noite como aquela, abandonou sua mente, levando-o a refletir desgraçadamente sobre seu martírio. Não viu alternativa a não ser passar a noite na cabana e partir para a Califórnia de manhã bem cedo. Pensando na cama, bateu os calcanhares no assoalho e descobriu que as incontáveis lascas estavam rigidamente compactadas, cobertas de gelo.

Mais tarde, notou com alegria alguns sinais de agitação dentro da casa. O clarão de um candeeiro se movia velozmente de janela em janela. Depois, a porta da cozinha bateu com um estrondo, e um vulto envergando um xale avançou rumo ao portão. Finalmente ele as fazia sentir seu poder. O rosto da criança trêmula iluminou-se com alegria incontida ao observar, orgulhoso, na penumbra da cabana, os sinais de consternação em seu lar. O vulto de xale era sua tia Martha, correndo para alertar os vizinhos.

O frio na cabana o atormentava. Suportou-o apenas por causa do terror que estava causando. Mas então lhe ocorreu que, se organizassem uma busca, provavelmente examinariam a cabana. Sabia que não seria digno de alguém valente ser capturado tão cedo. Já não tinha certeza de que iria ficar longe para sempre, mas, de toda forma, sentia-se obrigado a causar mais alguns estragos antes de se deixar apanhar. Se o seu êxito se limitasse a apenas enfurecer a mãe, ele estaria sujeito a uma surra histórica assim que fosse encontrado. Então, precisava prolongar o tempo para poder estar seguro. Se resistisse bem, estava certo de receber uma acolhida amorosa, ainda que tivesse chafurdado em crimes.

A tempestade tinha claramente se intensificado e, quando ele saiu, foi sacudido com violência por sua força bruta e impiedosa. Ofegante, abatido e meio cego pelos flocos que caíam, era agora uma criança abandonada, exilada, sem amigos e pobre. Com o coração despedaçado, pensava em sua casa e em sua mãe. Em sua visão desamparada, estavam tão distantes dele como o céu.

IV

Horace experimentava mudanças de sentimento tão rápidas que era apenas levado de lá para cá, como uma pipa ao vento. Estava agora apavorado com a ferocidade implacável de sua mãe. Fora ela quem o empurrara para aquela tempestade selvagem, e fora ela a se revelar totalmente indiferente ao seu destino, totalmente indiferente. O vagabundo desamparado já não podia chorar. Fortes soluços bloqueavam-lhe a garganta, fazendo com que seu fôlego emergisse em fungadas rápidas, breves. Tudo nele fora conquistado, exceto o enigmático ideal infantil de modos e maneiras. Esse princípio ainda se sustentava, e era a única coisa a se interpor entre ele e a submissão. Quando se rendesse, deveria ser de um modo que atendesse o código indefinido. Ansiava simplesmente por ir até a cozinha e desabar lá dentro, mas seu insondável senso de adequação o proibia.

Dali a pouco, deu por si no início da Niagara Avenue, olhando através da neve para as janelas resplandecentes do açougue de Stickney. Ele era o açougueiro da família, não tanto por causa de uma suposta superioridade em relação a outros açougueiros de Whilomville, mas porque morava na casa ao lado e tinha sido amigo íntimo do pai de Horace. Fileiras de porcos avermelhados ficavam penduradas de cabeça para baixo por trás do balcão, que exibia enormes pedaços de carne. Grupos de perus já limpos suspendiam-se aqui e ali. Stickney, robusto e risonho, conversava alegremente com uma mulher envolta num manto, que, com um monstruoso cesto no braço, regateava 8 centavos. Horace os observava através de uma vidraça incrustada de neve. Quando a mulher saiu e passou por ele, foi em direção à porta. Tocou o trinco com o dedo, mas retirou-se bruscamente para a calçada. Lá dentro, Stickney assobiava, feliz, enquanto separava as facas.

Por fim, Horace avançou desesperadamente, abriu a porta e entrou na loja. Tinha a cabeça baixa. Stickney parou de assobiar. "Olá, jovem", exclamou, "o que o traz aqui?".

Horace deteve-se, mas não disse nada. Arrastou um pé para a frente e para trás sobre o chão de serragem.

Stickney pusera as gordas palmas das mãos para baixo e bem afastadas sobre o balcão, como costumam fazer os açougueiros diante de um cliente, mas agora se endireitara.

"Diga lá", prosseguiu, "o que aconteceu? O que aconteceu, garoto?".

"Nada", respondeu Horace com a voz rouca. Brigou por uns instantes com alguma coisa entalada na garganta e depois acrescentou: "É que... é que... eu fugi, e...".

"Fugiu!", gritou Stickney. "Fugiu de quê? De quem?"

"De casa", respondeu Horace. "Não gosto mais de lá... eu..." Tinha preparado um discurso para ganhar a simpatia do açougueiro, planejara expor os méritos de seu caso da maneira mais lógica possível, mas era como se o vento tivesse parado de soprar dentro dele. "Eu fugi... eu..."

Stickney estendeu uma enorme mão por cima das fileiras de carne e agarrou com firmeza o emigrante. Depois, deu a volta, ficando ao lado de Horace. Seu rosto distendia-se em risos e ele sacudiu, de modo brincalhão, o prisioneiro. "Venha cá, me conte, que disparate é esse? Fugiu? Fugiu, é?"

Nesse ponto, o espírito da criança, havia muito submetido a provações, encontrou desabafo nos uivos.

"Ora, ora", disse Stickney diligentemente. "Não se preocupe, não se preocupe. Venha comigo. Vai ficar tudo bem. Eu dou um jeito nisso. Não se preocupe."

Cinco minutos depois, o açougueiro, com um grande sobretudo em cima do avental, levava o menino para casa.

Ao pisarem na soleira, Horace ergueu sua última bandeira de orgulho. "Não... não...", soluçou. "Não quero. Não quero entrar aí." Apoiou o pé contra o degrau, mostrando uma resistência muito respeitável.

"Olha, Horace", gritou o açougueiro. E escancarou a porta com um estrondo. "Ô de casa!" Do outro lado da cozinha escura, a porta da sala de estar se abriu e tia Martha apareceu. "Você o encontrou!", exclamou.

"Viemos fazer uma visita", bradou o açougueiro.

À entrada da sala de estar, um silêncio caiu sobre todos. Num sofá, Horace viu a mãe, estendida, pálida como a morte, os olhos cintilando de dor. Houve uma pausa elétrica até que ela agitasse a mão alva como cera na direção de Horace.

"Meu filho", murmurou com a voz trêmula. Ao que a sinistra pessoa a quem se dirigiu, com um lamento prolongado de angústia e alegria, correu para ela a toda velocidade. "Mamãe! Mamãe! Mamãe!" Ela não conseguiu se expressar numa língua conhecida ao envolvê-lo em seus braços enfraquecidos.

Tia Martha virou-se, com ar desafiador, para o açougueiro, porque seu rosto a traiu. Estava chorando. Fez um gesto, meio militar, meio feminino. "Não quer provar um copo do nosso fermentado de raiz, sr. Stickney? Somos nós que fazemos."

POSFÁCIO

UM MODERNISTA NA AMÉRICA PROFUNDA
JAYME DA COSTA PINTO

Filho de pai pastor metodista e mãe autora de tratados em favor da temperança, criado num ambiente em que beber, fumar e jogar não eram atividades tidas como propriamente edificantes, Stephen Crane (1871-1900), autor das histórias que compõem este volume, confirmou, às avessas, o adágio acerca daqueles que saem aos seus: degenerou. Antes dos 10 anos de idade já bebia e fumava. Ainda impúbere, não dispensava uma mesa de pôquer e largou a faculdade no primeiro ano. Tinha pressa, o jovem Crane; parecia prever que sua passagem por aqui seria curta, que faltaria tempo ao mundo para lhe ensinar tudo e tanto.

Crane queria escrever, e começou cedo. Poucos anos após a morte do pai, Jonathan Crane, ocorrida em 1880, a família se estabelece em Asbury Park, New Jersey, destino escolhido pela mãe de Crane, Mary Helen Peck Crane. Ali, aos 13 anos, e durante as férias escolares, Stephen compõe pequenos textos jornalísticos para uma agência de notícias comandada por um de seus irmãos, Townley Crane, que produzia material para o *New York Tribune* e para a Associated Press. Também sua mãe redigia despachos noticiosos, assim como uma sobrinha de Stephen, Helen Crane, jornalista. Outros parentes próximos se dedicaram igualmente à literatura e a família ainda se envolveu profundamente em lutas civis pelos direitos das mulheres. O fato de a mãe de Crane ter publicado livros e escrito para jornais, ao mesmo tempo que dava à luz catorze filhos (nove dos quais sobreviveram à primeira infância), não deve passar despercebido em um tempo em que essas atividades não eram acessíveis a mulheres e é indicativo de que, apesar de marcado por rigor religioso, o ambiente doméstico dos Crane revelava-se acolhedor para quem, como Stephen, descobriu ainda criança a vocação para as letras. Refletindo sobre a carreira do tio anos depois de sua morte, a sobrinha Helen comentou: "Stephen era um Crane e, sendo assim, nasceu com tinta de impressão correndo pelas veias".

Caçula entre essa multidão de irmãos, e tendo perdido o pai muito cedo, Crane cresceu em meio à pobreza, mas também conheceu possibilidades culturais que viriam a desaguar em certo realismo moral e numa prática escrita de vanguarda que contrariavam praticamente tudo que viera antes e o transformou, na opinião do escritor Paul Auster, autor de uma recente e alentada biografia de Crane, no primeiro modernista americano, "o homem responsável por modificar o modo como enxergamos o mundo pelas lentes da palavra escrita".

Essa imensa contribuição começou quando Crane ainda nem havia completado 20 anos e acabara de abandonar a vida universitária depois de apenas dois semestres. Rumou para Nova York, decidido a se tornar escritor. O início de sua carreira profissional, porém, se deu como repórter, trajetória comum entre aspirantes ao mundo das letras daquele período, em que se escrevia para jornais ao mesmo tempo que se acendia uma vela por um convite para publicar um livro. É nesse período que o estilo de Crane começa a tomar forma. A prosa seca e o desprezo pela elucubração empolada, práticas exercitadas nas reportagens, resultavam num texto cirúrgico, focado em detalhes fundamentais e num realismo duro, sem aparente propósito moral e de difícil digestão para o paladar do público de então.

Seu primeiro romance, *Maggie: A Girl from the Streets*, de 1893, é exemplar nesse sentido, ao narrar a história de uma jovem que busca na prostituição uma saída para a miséria material em que vivia sem recorrer a um pingo de sentimentalismo, seja pela protagonista, seja por suas circunstâncias. Diálogos curtos, incompletos ou apenas nuançados se sobrepõem a um pano de fundo de descrições impressionistas, como instantâneos captados em filme. Não surpreendentemente, encalhou nas livrarias, só sendo redimido depois que o escritor e editor da *Atlantic Monthly*, William Dean Howells, já um nome estabelecido nas letras americanas, além de crítico sintonizado com o que produziam as vanguardas, tomou Crane sob suas asas. E é a partir daí que sua tão ambicionada trajetória de escritor finalmente decola.

A técnica apresentada primeiramente em *Maggie* se aperfeiçoa com o tempo, atingindo níveis sublimes alguns anos depois, quando produz um romance tido até hoje como uma obra-prima sobre a Guerra Civil Americana, *O emblema vermelho da coragem* (1895). O livro catapulta o autor a status de celebridade.

O monstro começou a ser escrito em 1897 na Irlanda, onde o autor passava férias, e foi publicado pelo periódico *Harper's New Monthly Magazine* em agosto do ano seguinte. Ao descrever o trágico destino de Henry Johnson, negro, desfigurado pelo fogo ao tentar salvar de um incêndio o filho do patrão branco, médico respeitado de cidade pequena, Crane produz o que talvez tenha sido sua obra mais complexa, mesclando sátira social, problematização das relações raciais nos Estados Unidos e até toques de histórias infantis, e embalando o conjunto em uma narrativa que pode ser lida também como uma arrasadora análise de comportamento de grupo e ética coletiva – segundo Howells, *O monstro* seria o melhor conto da história da literatura americana até então, e Joseph Conrad, que viria a se tornar amigo íntimo de Crane, o classificou de assombroso.

Crane tinha a intenção de que fosse o primeiro de vários episódios que se passam em Whilomville, Nova York, uma recriação ficcional da cidade natal do autor, todos girando em torno da família Trescott, em especial do garoto Jimmie, cuja vida é salva por Johnson no que seria o início da série, e de seu pai, o dr. Trescott. Crane produziu quinze desses contos nos dois anos seguintes, mas não viveu para vê-los publicados em um único livro, como planejado orginalmente. Um volume com parte das histórias foi lançado postumamente, mas inclui apenas as consideradas mais leves pelo editor – i.e., *O monstro* ficou de fora.

Joseph Conrad destaca, ainda, uma característica que considera única de Crane, a de autor impressionista, ecoando aqui outro escritor importante, Ford Madox Ford, que equiparava Crane a Henry James na posição de "protagonista do impressionismo literário anglo-saxão". Para Ford, o objetivo do impressionista era, antes, o de criar a ilusão da experiência real, e menos o de impor uma ordem ao vivido. Nesse sentido, o escritor deve transmitir, justamente, impressões, e não relatar fatos; deve apresentar a cena conforme sentida pelos personagens. A passagem de *O monstro* em que Crane descreve os momentos que antecedem a desfiguração do rosto de Johnson é exemplar desses princípios:

De repente, o vidro se estilhaçou, e algo semelhante a uma cobra vermelho-rubi espalhou sua espessa extensão sobre o tampo da velha escrivaninha. Enrolou-se e hesitou, e então começou a escorrer, indolente, seguindo a inclinação do mogno. Ao chegar à quina do móvel, balançou a cabeça ardente, liquefeita, para a frente e para trás, sobre os olhos fechados do homem deitado abaixo dela. Então, passado um instante, com um impulso místico, moveu-se de novo, e a cobra vermelha desaguou diretamente no rosto de Johnson, que estava virado para cima.

Depois, o rastro da criatura passou a fumegar, e, em meio a chamas e pequenas explosões, gotas ferventes despegavam-se e caíam como joias em brasa, tamborilando suave e pausadamente no que restara abaixo. (pp. 35-36)

Justapondo-se a essas imagens que se materializam na retina do leitor feito um filme, tem-se uma estrutura enxuta, meticulosamente organizada e equilibrada: metade da história dá conta da transmutação de Johnson em monstro; a outra metade relata a transformação de toda uma comunidade, que passa a se comportar de modo monstruoso em relação a Johnson, processo que termina por afetar profundamente até o dr. Trescott. É uma história que, por fim, fala de preconceito, medo e ostracismo, revelados em um meio, a cidadezinha de interior, onde todos se conhecem e, teoricamente, se espera acolhimento e solidariedade. Assim, do ponto de vista de crítica social, no que diz respeito ao tema, e do ponto de vista formal, amparado pela profusão de detalhes com que Crane molda a história, um personagem central do conto é, também, Whilomville, ou seus habitantes tomados em conjunto – um grupo que parece emprestar mais importância às aparências do que à responsabilidade moral ou à dignidade básica do ser humano.

Publicado juntamente com *O monstro*, em 1898, *O hotel azul*, um dos contos mais famosos de Crane, incluído neste volume, também traça um quadro no qual as percepções do indivíduo estão em descompasso com o que se passa em seu entorno, desencadeando uma série de mal-entendidos e conflitos. Logo de início, o leitor é informado de que o hotel onde se desenvolve a narrativa fica na localidade fictícia de Fort Romper, e é importante notar aqui que o termo *"romper"*, em inglês, pode significar brincadeiras de criança, movimentos físicos, muitas vezes bruscos, travessuras, traquinagens. E quando cinco personagens se veem presos em uma sala de estar de hotel durante uma nevasca, em torno de uma mesa de carteado, emergem as forças, inclusive as físicas, com que o ambiente molda o destino dos homens, por vezes com consequências trágicas, ainda que aparentemente aleatórias. O elemento disruptivo da ordem estabelecida surge pelos atos do personagem do sueco, um dos cinco confinados, que se mostra desconfiado, agressivo e a ponto de explodir a qualquer momento. O ato final do personagem acabará por inserir um elemento de ambiguidade na história que é objeto de discussões ainda hoje: afinal, seria o sueco responsável por atrair para si mesmo o desfecho infeliz? Ou será que o personagem do homem do Leste tem razão ao insistir, de maneira inequivocamente contundente, na culpabilidade coletiva do grupo e, com isso, reafirmar a necessidade de experimentarmos um sentimento de irmandade, de camaradagem mesmo, que funcionaria como sustentáculo da vida em sociedade? A incongruência final de *O hotel azul*, com essa contraposição de possíveis causas para a tragédia que atinge o sueco, aponta para o entendimento que Crane adquirira de uma condição eminentemente moderna: a consciência da multiplicidade de percepções a que o sujeito tem acesso e a inutilidade de se tentar organizar a experiência humana de forma totalizante.

Fecha este volume o conto *As luvas novas de Horace*, escrito alguns meses antes de *O monstro*, enquanto Crane viajava de navio para Cuba para cobrir a Guerra

Hispano-Americana, em 1897, como repórter. A história tematiza aflições pueris, ao mesmo tempo que enfatiza a importância do espaço tranquilizador representado pela infância, apesar de percalços que podem parecer, aos olhos dos pequenos, o fim do mundo, como é o caso do menino Horace, que desobedece à mãe, se desespera ao sujar as luvas novas e conclui que, sim, seu mundo acabou. O texto captura essa angústia pré-adolescente com precisão, a infância surgindo ali como possível baliza emocional para o futuro adulto.

Após a publicação dessas três histórias, Crane e sua companheira, Cora Taylor, passam uma temporada na Europa, onde o escritor desfrutava de fama e de melhores condições de sobreviver financeiramente. Como repórter, ainda cobre a guerra entre gregos e turcos, além da conflagração em Cuba, sustentado, ironicamente, pela fama conquistada anos antes ao ficcionalizar soberbamente uma guerra que não conhecera de perto. No total, além dos livros citados, Crane ainda produziu outros cerca de quarenta contos e duas coletâneas de poemas, *The Black Riders* e *War Is Kind*, consideradas, ainda hoje, portadoras de uma dicção extraordinária e poucas vezes alcançada depois.

Crane passou os últimos anos de vida em uma casa alugada na Inglaterra, tentando tourear a tuberculose, agravada pelo incansável ritmo de trabalho. Nesse final, pôde ainda desfrutar da companhia e da amizade de Henry James, H. G. Wells e, em especial, de Joseph Conrad, que o considerava um irmão mais novo. Em meados de 1900, sua saúde se deteriorou ainda mais e Cora conseguiu levantar fundos para levá-lo para um sanatório na Alemanha. Mas já não havia chance de cura e Crane morreu logo depois. Tinha 28 anos.

Deixou a imagem de um prodígio literário, tendo introduzido nas letras americanas um olhar agudo e perspicaz, desprovido de penduricalhos moralizantes e melosos, além de uma abordagem generosa e consciente de temas sociais. Que Crane tenha sido capaz de traçar um esboço tão pungente, sensível e esclarecido da sociedade de sua época, em tão pouco tempo e tão precocemente, é testemunho de seu imenso talento e das habilidades que levaram Paul Auster a afirmar, em sua biografia, que Crane seria "a reposta americana a Keats e Shelley [...] e que, se ele segue vivo e relevante como seus pares ingleses, é porque sua obra não perdeu atualidade. Passados 120 anos de sua morte, a chama de Stephen Crane ainda brilha intensamente".

JAYME DA COSTA PINTO é tradutor e intérprete.
Para a Carambaia, traduziu os livros
Contos, de O. Henry; *Eles e elas – Contos
da Broadway*, de Damon Runyon; e
Devaneios ociosos de um desocupado,
de Jerome K. Jerome.

PREPARAÇÃO Silvia Massimini Felix
REVISÃO Ricardo Jensen de Oliveira, Isabel Cury
e Tamara Sender
PROJETO GRÁFICO Luciana Facchini
PAPÉIS MARMORIZADOS Luiz Fernando Machado
REPRODUÇÃO DAS IMAGENS Nino Andrés

DIRETOR-EXECUTIVO Fabiano Curi

EDITORIAL
Graziella Beting (diretora editorial)
Livia Deorsola (editora)
Laura Lotufo (editora de arte)
Kaio Cassio (editor-assistente)
Gabrielly Saraiva (assistente editorial/direitos autorais)
Lilia Góes (produtora gráfica)

RELAÇÕES INSTITUCIONAIS E IMPRENSA Clara Dias
COMUNICAÇÃO Ronaldo Vitor
COMERCIAL Fábio Igaki
ADMINISTRATIVO Lilian Périgo
EXPEDIÇÃO Nelson Figueiredo
ATENDIMENTO AO CLIENTE Meire David
DIVULGAÇÃO/LIVRARIAS E ESCOLAS Rosália Meirelles

EDITORA CARAMBAIA
Av. São Luís, 86, cj. 182
01046-000 São Paulo SP
contato@carambaia.com.br
www.carambaia.com.br

copyright desta edição © Editora Carambaia, 2023.

TÍTULO ORIGINAL *The Monster and Other Stories* [Nova York, 1898]

CIP-BRASIL. CATALOGAÇÃO NA PUBLICAÇÃO
SINDICATO NACIONAL DOS EDITORES DE LIVROS, RJ

C926m
Crane, Stephen [1871-1900]
O monstro e outras histórias / Stephen Crane;
tradução e posfácio Jayme da Costa Pinto.
1. ed. – São Paulo: Carambaia, 2023.
200 p.; 18 cm.

Tradução de: *The Monster and Other Stories*
ISBN 978-65-5461-034-6

1. Ficção americana. I. Pinto, Jayme da Costa. II. Título.

23-85470   CDD: 813   CDU: 82-3(73)
Meri Gleice Rodrigues de Souza — Bibliotecária CRB-7/6439

O projeto gráfico deste livro inspira-se na ideia do fogo como elemento-chave e comum entre as três histórias que compõem o volume. A imagem é sugerida na estampa do papel marmorizado que reveste a capa, recuperando um tipo de decoração usado em livros ao longo de séculos. Essa técnica de pintura, criada com a mistura de tintas, líquidos e compostos químicos, está presente também nas páginas internas, em que um outro padrão de imagem lembra um dos momentos mais impactantes de *O monstro*.

A tipografia Clifton, presente na capa e nas aberturas de cada uma das partes do volume, foi desenhada pelo francês Yoann Minet e é uma reinterpretação contemporânea das fontes Athenian e Faintal, lançadas pela American Type Founders, importante fundição de tipos independentes nos Estados Unidos do final do século XIX, acrescentando ao volume o espírito norte-americano desse período.

O livro foi impresso em papel Pólen Soft 80 g/m^2, na Geográfica, em setembro de 2023.